Petra Weise

Ungewöhnliche Abstürze

Roman

Bibliografische Information der Deutschen Nationalbibliothek
Die Deutsche Nationalbibliothek verzeichnet diese Publikation in der
Deutschen Nationalbibliografie; detaillierte bibliografische Daten sind im
Internet über http://dnb.dnb.de abrufbar

Herstellung und Verlag: BoD – Books on Demand Norderstedt

Titelfoto: Body Stock (Shutterstock)

ISBN 9-783749-464630

\-

Wir haben so viel Mühe
gehabt zu lernen,
dass die äußeren Dinge
nicht so sind wie sie uns erscheinen
\-

mit der inneren Welt
steht es ebenso!

Friedrich Nietzsche

Inhalt

Bianka

Ich liege im Schnee. Eigentlich stehe ich eher – halb Sitzen, halb Stehen. Es ist kalt. Ich zittere. Doch nicht nur wegen der Kälte. Ich zittere vor allem aus Angst.

Ich habe keine Ahnung, wo ich bin. Warum bin ich hier? Und wie komme ich hierher? Ringsum ist es dunkel, doch der Schnee leuchtet im Mondlicht und ich erkenne direkt unter und neben mir ganz deutlich Zweige. Mein linker Fuß klemmt in einem Ast. Das finde ich seltsam. Wie kommt mein Fuß in einen Ast? Warum sollte ich auf einen Baum gestiegen sein? Ich schaue nach unten, am eingeklemmten Fuß vorbei. Viel weiter unten, ganz weit entfernt sehe ich Lichter, vermutlich von einem Ort. Ich kann mir das alles nicht erklären.

Plötzlich überkommt mich Panik, weil ich überhaupt nicht weiß, wie ich in diesen Baum zwischen all dem Schnee hoch oben auf einem Berg gelangt sein soll. Ich spüre, wie unnormal schnell mein Herz schlägt. Mein ganzer Körper zittert. Ich friere entsetzlich. Gleichzeitig läuft mir der Schweiß übers Gesicht. Ich will ihn wegwischen, doch sofort durchzuckt mich ein heftiger Schmerz durch den rechten Arm bis hinauf in die Schulter. Erschrocken halte ich inne und horche in mich hinein, ob der Schmerz stärker wird oder abnimmt. Dann versuche ich, langsam meine linke Hand zu benutzen. Doch das geht nicht, sie ist im Geäst verkeilt. Ich zerre etwas heftiger, was höllisch weh tut. Ich habe das Gefühl, dass meine Finger taub sind, aber die ganze Hand wie Feuer brennt.

Plötzlich wackelt der Boden unter mir und gibt ein Stück nach. Entsetzt lehne ich mich gegen die wankenden Zweigen und schreie: „Hilfe! Hilfe!"

Ringsum bleibt alles still. Ich bin mutterseelenallein auf dieser Welt und fange vor lauter Angst an zu weinen. Was ist passiert? Ich kann mich an nichts erinnern.

Immerhin erinnere ich mich an meinen Namen. Bianka.

*****

Ich liebe meinen Namen, denn Bianka bedeutet weiß, glänzend und schön und passt wie ausgesucht zu mir. Ich habe eine makellose weiße Haut, glänze mit meinen vielen Talenten und schön bin ich auch. Außerdem ist Weiß meine Lieblingsfarbe, auch wenn die Leute behaupten, dass Weiß gar keine Farbe ist.

Wahrscheinlich liebe ich gerade deshalb den Schnee so sehr. Schnee ist nicht nur wunderschön weiß, er macht alles hell und freundlich, es überdeckt den Straßenstaub und sämtliche Schmutzecken. In der Sonne glitzert er wie tausende Diamanten und mich ergreift ein unbeschreibliches Glücksgefühl. Ich könnte jubeln, springen, tanzen und meine Freude laut in die Welt schreien.

Meine Freude über frisch gefallenen Schnee teilen nur wenige Menschen. Die meisten blicken mürrisch drein, ziehen frierend ihre Schultern hoch, verstecken ihren Mund hinter einem modisch gemusterten Schal, tragen allerdings trotz der Kälte keine Mütze. Wer nicht frieren will, sollte sich einfach warm anziehen. So einfach ist das.

*****

Mir ist, als ob ich ebenfalls keine Mütze trage, obwohl ich normalerweise immer eine auf dem Kopf habe, sobald ich aus dem Haus gehe. Oder ein Stirnband. Ich weiß, dass man mehr als sechzig Prozent der Körperwärme über den Kopf verliert. Mir passiert das nicht, jedenfalls nicht im Winter. Doch warum habe ich heute keine Mütze auf? Immerhin trage ich meinen Anorak. Doch der scheint mich nicht zu wärmen, denn ich bin schon ganz steif gefroren und zittere wie Espenlaub. Ich habe nicht einmal festes Schuhwerk an den Füßen, nur so leichte Sportschuhe. Ich verstehe das nicht.

Mir zieht es die Augen zu und ich verspüre den starken Wunsch, einfach einzuschlafen. Entsetzt reiße ich meine Augen auf und bemühe mich, wach zu bleiben, denn mir ist plötzlich klar geworden, dass ich erfrieren könnte. Vielleicht sind meine Arme und Beine längst erfroren, weil ich sie nicht bewegen kann.

Noch einmal rufe ich um Hilfe. Das Schreien strengt mich an. Um wach zu bleiben, zähle ich bis zehn und probiere danach das kleine Einmaleins. Es gelingt mir nicht. Ich weiß nicht, wie viel zwei mal drei ist. Sofort weine ich wieder, obwohl das nicht weiterhilft.

Mir wird schwarz vor Augen und furchtbar übel. Wenn ich jetzt die Besinnung verliere, ist alles verloren. Ich werde erfrieren und keiner wird mich finden. Voller Panik drücke ich mich gegen das Geäst. Vorhin gab der Ast unter mir nach. Das bedeutet, dass ich mich auf keinen Fall bewegen darf, um nicht weiter abzustürzen. Ich weiß allerdings nicht, wie weit ich stürzen würde, wenn der Ast bricht. Vorsichtig versuche ich, mich aus dem Gesträuch zu befreien, um möglicherweise vom Baum herunterklettern zu können. Doch ich bin festgeklemmt und bei jeder kleinsten Bewegung durchzucken meinen gesamten Körper höllische Schmerzen.

Ich suche noch einmal mit den Augen nach den Lichtern und bin mir nun sicher, dass weit unten im Tal ein Ort sein muss. Also befinde ich mich auf einem Berg, allerdings nicht auf einem Weg, sondern in einem Baum. Und überall ist Schnee, viel Schnee.

Obwohl ich Schnee liebe, macht mir im Moment genau dieser viele Schnee die größten Sorgen, ebenso der ächzende Baum und der seltsame Ort tief unten im Tal.

Ich hänge in einem Baum fest und weiß, dass ich dies nicht träume. Doch real scheint mir die sonderbare Situation ganz und gar nicht zu sein. Wie bin ich nur hierher geraten?

Ich muss nachdenken.

*****

Ich lebe in Chemnitz und wollte mit meinem Freund in den Schiurlaub fahren, worauf ich mich seit Wochen freute.

Wo ist Mark überhaupt?

„Mark!", schreie ich. „Mark!"

Doch ich höre keine Antwort, ich höre gar nichts. Der Schnee schluckt wohl sämtliche Geräusche. Hat er auch Mark verschluckt?

Wir sind seit vier Jahren ein Paar, doch wir wohnen nicht zusammen, weil wir beide unseren Freiraum brauchen. Außerdem ist Mark unangenehm pingelig, sein Ordnungssinn würde mich in den Wahnsinn treiben. Zweimal pro Woche treffen wir uns in einem Gasthof. Mark hat einen gefunden, der genau in der Mitte zwischen unseren Wohnungen liegt. Das hält er für gerecht. Mark achtet auf so etwas. Anschließend schläft er entweder bei mir und ich bei ihm an einem anderen Tag, meist Donnerstag.

Urlaub verbringen wir normalerweise getrennt, jeder mit seinen Freunden, doch diesen Schiurlaub wollten wir gemeinsam in Tirol genießen. Eine Woche lang jede Nacht im gleichen Bett und tagsüber auf der Piste.

Mein Gedächtnis funktioniert also. Ich versuche, mich an heute Morgen zu erinnern und somit Stück für Stück herauszufinden, was genau mit mir passiert ist, wie ich in diesen Baum, in diese Situation geraten bin.

*****

Mark wollte mich daheim abholen. Wie immer nervte er fünf Minuten vor der Zeit. Er blieb im Auto sitzen und hupte. Glaubte er, ich käme nun eilig aus dem Haus gestürzt? Ich hatte noch nicht einmal meine Tasche gepackt und auch noch keine Zähne geputzt. Wozu die Eile?

Wir haben Urlaub!

Außerdem bin ich im Gegensatz zu Mark kein Frühaufsteher. Ich brauche meine Ruhe und meinen Kaffee. Erst danach bin ich halbwegs ansprechbar.

Heute Morgen beeilte ich mich, um Mark nicht unnötig zu reizen. Als er endlich zur Tür hereinkam, fiel ich ihm um den Hals. Das mag er. Doch er schob mich zur Seite und und schaute sich suchend im Zimmer um.

„Wo ist deine Tasche?", wollte er wissen. Dabei stand sie groß und breit auf dem Sofa.

„Mein Schminkzeug muss noch mit, dann können wir los."

Mark runzelte die Stirn. Ich folgte seinem Blick, der mahnend auf meiner Kaffeetasse und dem Weinglas von gestern Abend lag. Wen stören diese zwei Teile? Mich jedenfalls nicht. Doch Mark erträgt keine Unordnung. Er drehte den Wasserhahn auf und spülte ab. Dabei weiß er genau, dass ich es nicht ausstehen kann, wenn er sich in meinen Haushalt einmischt. In seiner Wohnung kann er gern die gesamte Kücheneinrichtung dreimal täglich abwaschen, in meiner Wohnung hat er die Finger von meinen Sachen zu lassen.

„Lass das!", fauchte ich ihn an.

Doch er trocknete bereits die Tasse und das Glas sorgfältig ab und räumte beides in den

Schrank, statt alles einfach auf der Spüle stehenzulassen. Typisch Mark.

Die beiden Bücher, die auf dem Tisch lagen, klappte ich schnell zu und warf sie auf die Tasche. Dann räumte ich Creme, Seife, Lippenfett, Wimperntusche und das Zahnputzzeug in meinen Kosmetikkoffer – fertig.

Marks Auto ist groß und bequem, weshalb wir seines benutzten und nicht meins. Ich fahre einen kleinen Mazda mit großem Motor. Ich komme eben gern schnell an. Natürlich war Marks Fahrzeug nicht nur außen, sondern auch innen blitzblank geputzt, als bekäme er einen Sauberkeitspreis. In meinem Mazda liegt alles, was ich brauche, griffbereit auf dem Beifahrersitz, was Mark immer furchtbar aufregt.

„Hoffentlich liegt ausreichend Schnee. Hier in Chemnitz ist kein Krümelchen."

„In der Lizum liegen unten vierzig Zentimeter, oben fast zwei Meter mehr", beruhigte er mich.

Mark ruft mehrfach am Tag den Wetterbericht auf, manchmal vergleicht er sogar das aktuelle Wetter mit der Beschreibung auf seiner Wetter App im Handy. Mir ist das Wetter gleichgültig. Ich kann es sowieso nicht ändern.

Die Autobahn Richtung Süden war frei. Es herrschte wenig Verkehr und wir kamen gut voran, auch wenn Mark keine fünf Stundenkilometer schneller als erlaubt fuhr.

Südlich von München machten wir Pause in einem Rasthof. Kurz darauf war die Autobahn zu Ende und wir fuhren auf einer gut ausge-bauten Straße weiter. Auch hier lag kaum Schnee. Doch kurz nach Garmisch sahen wir neben der Straße Langläufer auf schienenarti-gen Spuren vorwärts rutschen.

So langsam wurde es dunkel, doch der Schnee neben der Straße leuchtete hell und freundlich. Plötzlich standen wir vor einer Bake. Die Straße war gesperrt.

„Was machen wir jetzt?", fragte Mark und schaute mich irritiert an.

Das wusste ich natürlich auch nicht. Mark war für die Vorbereitung der Strecke zuständig und sollte eigentlich auch über alternative Routen informiert sein. Ich hatte nicht einmal in eine Karte geschaut und verließ mich voll auf ihn. Er zögerte erst eine Weile und bog schließlich nach Mittenwald ab. Das war ohnehin die ein-zige Möglichkeit, weiterzukommen.

Ich wäre gern in Mittenwald geblieben, hätte ein Lokal für ein Abendessen und ein Bett für die Nacht gesucht. Doch Mark wollte nicht. Er erinnerte mich daran, dass er unser Urlaubs-hotel bereits angezahlt hatte. Während er sich nach einem Weg in Richtung Innsbruck erkun-digte, zog ich mir den Anorak über und lief die

Straße entlang. Mir gefielen die bunt bemalten kleinen Häuser. Doch weit kam ich nicht, weil meine leichten Sportschuhe nicht wasserdicht sind. Die warmen Winterstiefel befanden sich gut verstaut im Gepäck. Mark hatte Recht, es wäre unklug, so kurz vor dem Ziel im Ort zu bleiben und für eine einzige Nacht die Koffer auszupacken. Er zog die Schneeketten auf und wir fuhren weiter.

Ich erinnere mich, dass die Straße sehr schmal war und links und rechts von hohen Schnee-wehen gesäumt. Innerlich betete ich, dass wir uns auf einer Einbahnstraße befanden, denn ein zweites Auto hätte keinen Platz gefunden. Und doch kam uns eines entgegen!
Mark lenkte sein Fahrzeug so weit wie möglich nach rechts und hielt an. Das machte mich wütend, denn wir fuhren bergauf, hatten also Vorfahrt. Und natürlich passierte es ganz genau so wie ich befürchtet hatte: Unser Auto bewegte sich nicht, es steckte mit den rechten Reifen im tiefen Schnee fest.
„Jetzt hast du den Salat!", fauchte ich.
Mark blieb ruhig. Wie immer, was mich noch wütender machte. Ich öffnete meine Beifahrer-tür und stieg aus.
Mehr weiß ich nicht.

*****

Ich habe einen sogenannten Filmriss.

Offenbar muss ich beim Aussteigen direkt ins Freie getreten und in einen Abgrund gestürzt sein. Abgrund? Ich bin gefallen! Ich schließe meine Augen und sehe trotzdem die Lichter weit unten im Tal vor mir. Doch ich klemme in einem Baum. Mir fallen plötzlich Bilder eines Films ein, wo sich eine Frau beim Absturz in eine tiefe Schlucht in einem Baum verfing. Himmel! Ich stecke in einem Ast fest und schwebe gleichzeitig in der Luft, über mir und unter mir ist gar nichts. Zitternd klammere ich mich an den Zweigen fest, obwohl ich mich ohnehin nicht bewegen kann.

Ich bin ganz allein und keine Menschenseele ist in der Nähe, die mir helfen kann. Zudem ist es dunkel.

Mark! Wo ist er? Ist er ebenfalls abgestürzt? Mitsamt Fahrzeug bis hinunter ins Tal?

„Guter Gott! Mach, dass Mark nichts passiert ist und er unterwegs ist, um Hilfe zu holen!"

Ich bin nicht gläubig, doch es kann nicht schaden, ein Stoßgebet zum Himmel zu schicken. Schon gar nicht in meiner Situation.

„Mark!", rufe ich noch einmal. „Hilfe! Hilfe!"

Doch es kommt nur ein Krächzen aus meiner Kehle. Nun laufen mir wieder Tränen übers

Gesicht, die sofort eine eiskalte Spur hinterlassen. Auch die Nase läuft und ich kann sie mir nicht putzen. Ich weine so heftig, dass mein ganzer Körper bebt.

Plötzlich kracht es ohrenbetäubend, während der Ast, in dem ich festgeklemmt bin, unter mir nachgibt. Erschrocken halte ich die Luft an und klammere mich so gut es geht an den dünnen Zweigen fest. Doch das ist sinnlos, der ganze Baum wird abstürzen! Ich werde abstürzen! Ich werde sterben!

Ich wage nicht, mich zu bewegen. Ich wage nicht einmal mehr zu weinen.

Nun ist nichts mehr zu hören. Gar nichts. Kein Knacken im Baum, auch kein Geräusch von einem Motor. Die Straße kann doch nicht weit sein! Oder doch? Könnte ich so tief gestürzt sein, dass man die Straße nicht mehr hört? Sollte ich überhaupt dankbar dafür sein, noch zu leben? Ich hänge hier rettungslos fest und kann nur darauf warten, in die Tiefe zu stürzen. Hoffentlich bleibe ich nicht verletzt irgendwo liegen. Hier im Schnee am Abgrund findet mich kein Mensch, falls auch Mark abgestürzt ist. Mein Freund ist tot! Diese Erkenntnis trifft mich derart heftig, dass ich keine Luft mehr bekomme und plötzlich furchtbar schwitze. Der Schock ist so groß, dass ich nicht einmal weinen kann. Ich sehe es direkt vor mir, wie

Mark mitsamt seinem Auto in die Tiefe stürzt. Doch dann hätte mich das abstürzende Fahrzeug mit in die Tiefe gerissen.

In mir keimt neue Hoffnung auf. Mark wird nach mir gerufen haben. Er konnte in der Nacht nichts sehen und ist bestimmt sofort ins nächste Dorf gefahren, um meinen Unfall zu melden. Doch eigentlich hat er ein Handy, womit er Hilfe rufen kann. Oder gibt es hier in den Bergen keine Funkverbindung?

Ich klammere mich an den Gedanken, dass Mark unterwegs ist, um Hilfe zu holen. Er wird mich retten! Ganz sicher wird er das. Ich muss nur ein klein wenig Geduld haben und vor allem wach bleiben. In Gedanken sage ich Gedichte auf und Texte von alten Volksliedern, um nicht wieder wegzudämmern. Dann würde ich zwar den unvermeidlichen Sturz nicht spüren, doch wenn ich jetzt ohnmächtig werde, würde ich ganz sicher erfrieren.

Entweder, ich habe mich an die Dunkelheit gewöhnt, oder es wird langsam heller. Mir kommt es jedenfalls so vor. Doch das würde bedeuten, dass ich schon mehrere Stunden hier hänge. Hat mich Mark vergessen? Holt er absichtlich keine Hilfe? Dieser Saukerl will mich loswerden!

Sofort bereue ich meine bösen Gedanken. Mir

ist klar, dass Mark außer sich sein wird vor Sorge. Doch wo bleibt er?

Je heller es wird, desto bewusster wird mir meine ausweglose Situation. Am schlimmsten ist der Ausblick, den ich hier an den kleinen Baum geklammert, in das tiefe Tal unter mir habe. Mich ergreift schon wieder eine heftige Panik und ich spüre, wie ich stürze. Immer weiter, immer tiefer.

Doch ich stürze nicht wirklich – es ist ein Schwindel, der mich wie mit Macht in die Tiefe zieht. Ich habe keine Hoffnung mehr, nur noch unsagbar große Angst. Ich darf nicht nach unten schauen, um nicht verrückt zu werden.

Trotzdem schreie ich. Ich schreie aus reiner Verzweiflung und schaue dabei nach oben in Richtung Himmel. Doch außer Schnee ist nichts zu sehen. Gar nichts. Ich schließe meine Augen. Am liebsten würde ich loslassen, mich fallenlassen, damit endlich alles ein Ende findet. Doch es geht nicht. Mein Fuß und meine linke Hand sind irgendwie verkeilt und schmerzen sehr stark. Den rechten Arm kann ich nicht bewegen, obwohl er überhaupt nicht weht tut. Ich habe kein Gefühl in ihm. Wieder ergreift mich Panik, weil ich nichts tun kann außer darauf zu warten, dass der Ast bricht und mich in die Tiefe reißt.

Vielleicht sollte ich nachhelfen und einfach so

lange mein Gewicht verlagern, bis der ganze Baum ins Tal fällt. Dann hätte ich endlich ausgelitten.

Plötzlich rieselt Schnee auf mich herab, gefolgt von einer kräftigen Ladung, die hart auf mein Gesicht und die Schultern fällt. Der Ast wackelt und knackt wieder.

„Hilfe!", schreie ich. „Hilfe! Ist da jemand?"

Mir ist, als höre ich Stimmen und einen gedämpften Motor. Doch vielleicht bilde ich mir das nur ein. Ich werde verrückt! Ich bin längst verrückt. Jetzt rieselt hinter mir Schnee den Hang hinunter. Ich kann mich nicht weit genug umdrehen und sehe nicht, was hinter mir ist. Ein Tier oder gar eine Lawine. Im Grunde ist es gleichgültig, denn sterben werde ich sowieso, ob ich das Elend nun sehe oder nicht. Da kann ich die Augen auch gleich schließen, wegdämmern und nie wieder aufwachen.

Dieser Gedanke bringt mich zum Weinen. Ich stelle mir vor, wie verzweifelt meine Freunde und vor allem meine Mami über meinen Tod sind. Und ich stelle mir vor, dass sie Mark mit schweren Vorwürfen zusetzen, ihm die Schuld an meinem Tod geben. Ich sehe direkt vor mir, wie er leidet. Er soll leiden! Warum konnten wir nicht in Mittenwald übernachten? Warum musste er diese Straße nehmen? Warum holt er keine Rettung? Glaubt er, ich bin schon lange tot? Aber noch lebe ich!

„Mark! Hier bin ich! Hier unten!"

„Ruhig! Ganz ruhig! Wir holen Sie hier raus."

Ich weine noch heftiger über solch eine unsinnige Idee, mir Worte und fremde Stimmen einzubilden.

„Alles wird gut", höre ich eine tiefe Männerstimme. Sie tröstet und macht mich tatsächlich ruhiger. Was soll ich auch sonst tun, als mir Geschichten über meine Rettung vorzustellen?

„Ich lege Ihnen jetzt einen Gurt um."

Ich schreie.

„Bianka! Sie sind doch Bianka, nicht wahr?"

Ich schreie noch lauter. Und doch spüre ich, wie mir etwas um Bauch und Beine geschlungen wird. Ist es möglich, dass ich nicht fantasiere?

„Wie geht es Ihnen? Haben Sie Schmerzen", fragt die Stimme.

Ich will antworten, doch es kommt kein Laut über meine Lippen. Vielleicht weiß ich nicht mehr, wie man redet. Ich weiß gar nichts mehr.

„Schauen Sie mich an!"

Ich merke, dass ich die ganze Zeit meine Augen fest zugekniffen habe. Ich habe Angst, sie zu öffnen und niemanden zu sehen, zu sehen, dass ich nur spinne, verrückt bin.

„Können Sie mich sehen?"

Ich schaue in dunkelbraune Augen, die mich besorgt, aber freundlich mustern. Der Kopf steckt in einem Helm.

Langsam bewege ich meinen Kopf. „Ja. Ja! Oh Gott!"

Jetzt spüre ich auch eine Hand auf meiner Schulter und fühle mich plötzlich wie geborgen. Ich bin derart erleichtert, dass ich schon wieder weine und gleichzeitig einfach nur schlafen will.

Ich bin gerettet! Man hat mich gefunden. Ich muss gar nicht sterben.

„Haben Sie Schmerzen", fragt der Mann noch einmal.

„Mein Fuß. Meine Hand. Stecken fest", stammle ich.

„Keine Sorge! Das haben wir gleich."

Ich träume nicht. Ich fantasiere nicht. Neben mir ist ein Mann! Wahrhaftig ein Mann, der mich retten wird. Und schon weine ich wieder. Und lache gleichzeitig. Es ist ein irres Lachen, hysterisch überdreht.

„Ich bin Moritz und versuche jetzt, Ihr Bein freizubekommen."

Sobald der Ast mein Bein freigibt, sackt der Fuß nach unten und ein stechender Schmerz rast durch meinen ganzen Körper und lässt mich laut aufschreien. Doch Moritz hat bereits eine Art Schlaufe um den Schuh geschlungen, um ihn zu stützen.

Er greift eine kleine Säge aus seinem Rucksack und entfernt den Zweig, um den sich meine rechte Hand klammert. Sie ist wie mit dem Holzstück verwachsen und lässt sich nicht öffnen. Doch darüber mache ich mir jetzt keine Gedanken. Ich fühle mich einfach nur wohl und geborgen, denn mich halten zwei Arme fest umschlungen. Mir kann nichts mehr passieren. Plötzlich spüre ich, wie ich nach oben gezogen werde und gleichzeitig neuer Schnee auf mich herunter rieselt. Es stört mich nicht. Zufrieden kichere ich vor mich hin.

Feste Hände wickeln mich komplett in eine silberne Folie ein, packen mich auf eine Trage und schnallen mich fest. So versorgt schiebt mich jemand in ein seltsames Fahrzeug, das wie ein Geländewagen aussieht und Ketten statt Räder hat.

Obwohl Moritz auf mich einredet und mir sogar mehrfach mit der Hand ins Gesicht klatscht, schlafe ich sofort ein und werde erst wach, als man mir eine Nadel in den Arm sticht.

Ich habe das Gefühl, auf einmal in einem Hubschrauber zu sein, doch ich mag nicht darüber nachdenken.

*****

Mich setzt tatsächlich ein Hubschrauber direkt am Krankenhaus ab. Dort wartet Mark. Er umarmt und küsst mich immer und immer wieder.

„Bitte, gehen Sie zur Seite!", fordert ihn ein Mann auf. „Ihre Freundin wird jetzt medizinisch versorgt. Sie können sie morgen besuchen."

Eine Ärztin untersucht meinen Fuß. Viel mehr bekomme ich nicht mit, weil ich immer wieder einschlafe.

*****

Als ich wach werde, ist es dunkel. Ich will mich aufrichten und zur Toilette gehen, doch das geht nicht. Wo bin ich? Erleichtert merke ich, dass ich ganz normal in einem Bett liege. Was habe ich nur für einen Blödsinn geträumt, denke ich zufrieden und will weiterschlafen. Doch ich kann mich nicht auf die Seite drehen. Was ist nur los?

Es ist nicht mein Bett, in dem ich liege! Mich ergreift Panik und ich fürchte, dass ich all diese grauenhaften Sachen von einem Absturz in einen schrecklich tiefen Abgrund gar nicht geträumt habe. Ich kriege keine Luft! In meinem Körper breitet sich ein unangenehmer Druck aus und bricht mir nass aus allen Poren.

Erst nach einer Ewigkeit fällt mir ein, dass ich

gerettet wurde. So langsam entspannen sich meine Muskeln. Ich versuche, möglichst langsam ein- und auszuatmen und merke, dass ich tatsächlich ruhiger werde.

Ich wurde also gerettet und kam ins Krankenhaus. Das heißt, ich liege in einem Krankenbett. Und es bedeutet außerdem, dass ich verletzt bin.

In Gedanken taste ich meinen Körper ab. Mir tut nichts weh. Trotzdem kann ich mich nicht bewegen. Mein linkes Bein ist schwer wie Blei. Inzwischen haben sich meine Augen an das Dunkel gewöhnt, ich erkenne eine Tür und darüber ein Notlicht. Die Decke über den Beinen liegt schräg, so, als wäre mein linkes Bein viel dicker als das rechte. Nachschauen kann ich nicht, denn der rechte Arm steckt in einer Schlinge und im linken eine Nadel.

„Bist du wach?", höre ich es flüstern.

Ich nicke. Im gleichen Moment wird mir klar, dass man das nicht sehen kann. Also sage ich ebenso leise: „Ja."

„Warum hast geschrien? Tut dir was weh? Soll ich nach der Schwester klingeln?"

So viele Fragen auf einmal.

„Nein. Nichts."

„Wie nichts? Dir tut nichts weh? Also hast du nur geträumt oder was?"

Ich weiß gar nicht, dass ich geschrien habe. Ich weiß gar nichts, nicht einmal, was ich antworten soll. Mir ist zum Heulen zumute.

„Schlaf weiter!", flüstert meine Bettnachbarin.

„Ich wollte nur wissen, ob ich helfen kann."

Tatsächlich schlafe ich sofort wieder ein.

Ich verspüre großen Hunger und setze mich an eine reich gedeckte lange Tafel. Alle essen, doch ich kann nicht zugreifen, weil meine Hände verbunden sind. Warum hilft mir keiner?

„Sie dürfen nichts essen!", erklärt ein Mann.

„Warum?"

„Weil Sie trauern. Ihre Schwester ist gestorben."

Meine Schwester?

„Ich habe gar keine Schwester."

„Nein, jetzt nicht mehr", sagt der Mann und weint.

Auch ich weine.

„Hallo, Bianka! Ich bin Ihre Krankenschwester und bringe Ihr Frühstück. Warum weinen Sie denn? Haben Sie Schmerzen?"

Schmerzen? Mir fällt ein, dass ich im Krankenhaus liege und weine noch heftiger, obwohl ich eigentlich keine Schmerzen habe. Nur bewegen kann ich mich nicht.

„Machen Sie sich keine Sorgen!", sagt freundlich die Schwester. „Gleich kommt der Arzt und erklärt Ihnen alles."

*****

Inzwischen weiß ich, dass weder meine Wirbelsäule noch mein Kopf verletzt sind. Mein linkes Bein ist kaputt, ich habe Fersentrümmerbruch verstanden und dass es gut war, im kalten Schnee gelegen zu haben. Der Arzt erklärt mir, dass es wegen der Kühlung keine nennenswerte Schwellung gibt und deshalb schneller operiert werden kann. Die linke Hand musste sofort gerichtet werden, weshalb meine Finger in einer Art Plastikkorsett stecken. Mein rechter Arm ist ruhiggestellt wegen einer Verletzung an der Schulter. Auch hier hat das Liegen im Schnee gekühlt und somit die Schmerzen gelindert. Operiert werden muss die Schulter zum Glück nicht.
Weil ich zwangsweise ruhig liege, habe ich keinerlei Schmerzen. Nur das Essen ist furchtbar schwierig und wenn ich mal zur Toilette müsste. Damit ich nach der Schwester rufen kann, hat man mir die Klingel direkt in die Hand gelegt.

„Hi!"
Ich drehe meinen Kopf in die Richtung, aus der

die Stimme kommt und sage: „Hallo."

„Bin die Melanie, hab mir die Haxn zerschossen."

„Zerschossen?", frage ich entsetzt.

„Beim Schifahren! Beide Haxn kaputt. Mir stand so ein Lapp im Weg, bin genau auf ihn drauf gebrettert. Schöner Mist! Die Saison kann ich knicken. Und du?"

Alles verstehe ich nicht, was Melanie sagt, weil sie in einem mir fremden Dialekt spricht. Immerhin kann ich mir das Meiste zusammenreimen.

„Ich bin in einen Abgrund gestürzt. Ein Baum hat mich aufgefangen."

„Zach!"

„Wie bitte?"

„Geile Geschicht! Erzähl!"

„Kurz nach Mittenwald ..."

„Mittenwald? Bist du etwa in die Geisterklamm gestürzt? Du lieber Himmel!"

„Geisterklamm?", frage ich erschrocken.

An Geister glaube ich zwar nicht, doch nach diesem furchtbaren Absturz und der wunderbaren Rettung scheint mir auf einmal alles möglich, sogar das komplett Unmögliche.

„Ich weiß nicht. Ich kenne mich hier nicht aus."

Ich erinnere mich nur recht nebelhaft an Mittenwald. Eine Schlucht habe ich während der Fahrt nicht gesehen, nur viel Schnee. Außerdem war es schon dunkel. Vielleicht ist Mark falsch abgebogen. Doch das wäre mir sicher aufgefallen.

„Ich weiß nicht", sage ich noch einmal. „Ich weiß gar nichts."

Sofort steigen mir Tränen in die Augen, obwohl ich überhaupt nicht nah am Wasser gebaut bin. Zuletzt habe ich als kleines Mädchen geweint – hier weine nicht ich, es weint mich. Ich kann nichts dagegen tun.

„Lass sie in Ruhe, Melanie! Sie ist doch noch gar nicht ganz wach", meldet sich eine etwas schrille Stimme von der anderen Bettseite.

„Elisabeth. Mein Name ist Elisabeth. Grüß dich Gott."

„Ich bin die Bianka", stelle ich mich vor.

Wir merken recht schnell, dass wir alle drei etwa im gleichen Alter sind, Mitte Zwanzig bis knapp unter dreißig Jahre. Melanie studiert Sport auf Lehramt in Innsbruck und Elisabeth arbeitet im Evangelischen Bildungswerk, ebenfalls in Innsbruck.

Auch ich befinde mich seltsamerweise in Innsbruck, also in Österreich. Sind wir nach Mittenwald über die Grenze gefahren? Ich weiß es nicht.

Es bringt nichts, darüber nachzugrübeln - es ist wie es eben ist.

Ab elf Uhr dürfen Besucher ins Krankenhaus. Wenige Minuten später steht Mark an meinem Bett.

„Wie geht es dir, Maus?"

Fragt er das ernsthaft? Sieht er nicht, dass ich komplett zugebunden bin und mich nicht einmal bewegen kann?

„Gut", sage ich. „Siehst du doch!"

„Entschuldige!"

Mark beugt sich über mich und haucht mir einen Kuss auf den Mund.

„Beschissen geht es mir! Was dachtest du denn?", fauche ich.

Und schon wieder fange ich an zu weinen.

„Hast du große Schmerzen?", fragt er besorgt.

„Nein. Ich habe keine Schmerzen. Ich habe elend schlechte Laune. Ich will hier nicht herumliegen."

„Aber es geht nicht anders, Maus."

Umständlich sucht er nach einem Taschentuch und reicht es mir. Er sieht nicht, dass ich nicht zufassen kann.

„Das weiß ich selbst!", gebe ich missmutig zu.

Mark geht mir mit seiner Vernunft auf die Nerven. Mir ist elend zumute. Ich will keine kaputten Knochen haben! Ich will das alles nur geträumt haben. Ich will nach Hause. Sofort!

„Warum bist du nicht auf der Piste?", fauche ich.

Es klingt unfreundlicher als beabsichtigt. Denn ich bin ihm gar nicht böse, nur schrecklich unglücklich darüber, hier im Krankenhaus zu liegen und enttäuscht, dass unser wunderbar geplanter Schiurlaub schon am Tag vor der Ankunft geplatzt ist.

„Weil ich dich besuchen will. Ich lasse dich das nicht allein durchstehen."

Was kann er schon tun? Ich bin hier ans Bett gefesselt, obwohl ich es nicht ertrage, wenn ich mich nicht frei bewegen kann. Es ist mir schon zu viel, wenn mich Mark in seinen Armen festhalten will. Ich halte das nicht aus und das weiß er.

Trotzdem versucht er, mich zu umarmen. Es gelingt ihm nicht wegen all der Verbände und Nadeln an meinem Körper. Und schon weine ich wieder. Ich weiß, dass meine Tränen Mark hilflos machen. Doch ich habe keine Lust, mich zu beherrschen. Wozu auch? Außerdem geht es ihm gut und mir nicht.

„Du kannst hier nichts für mich tun. Außerdem habe ich nette Gesellschaft", nuschle ich und nicke zuerst in Richtung Melanie und dann zu Elisabeth. Dann sage ich recht barsch: „Du wirst jetzt Schi fahren! Ich will nicht, dass du wegen mir auf deinen Urlaub verzichtest."

In Gedanken füge ich garstig hinzu, dass Mark das vorab bezahlte Geld für das Hotelzimmer und den Schipass sicher in der Seele weh tut, während ich hier herumliege und nichts davon nutzen kann. Doch er schüttelt den Kopf.

„Ich mag mich nicht amüsieren, während du hier liegst und leidest."

Insgeheim freut es mich, zumal es nur gerecht ist, wenn er ohne mich keinen Spaß hat.

„Bist ein ganz Herziger!", spottet Melanie.

Überrascht schaut Mark sie an. Seine verdutzte Miene wandelt sich in Bewunderung. Das erkenne ich genau und bin sofort verstimmt. Normalerweise bin ich nicht eifersüchtig, aber hier geht es um mich. Ich bin verunglückt und liege schwer verletzt im Krankenhaus. Da gehört es sich nicht, die schöne Bettnachbarin anzustaunen.

„Kannst beides. Gehst spät frühstücken, kommst her und danach ab auf die Piste!"

Mark lacht und Melanie strahlt ihn direkt unverschämt offen an.

„Dann hast Bianka gesehen, kannst sporteln und dich am Abend zusaufen." Sie zwinkert ihm verschwörerisch zu. „Kipp nen Becher auf mich!"

Wieder lachen beide und schauen sich derart innig an, als wären sie alte Freunde. Soll er sich doch gleich an Melanies Bett setzen!

„Geh endlich!", fauche ich.

„Bis morgen", flüstert Mark, küsst meine Stirn

und geht.

Er küsst meine Stirn wie ein Vater sein Kind. Der Mann spinnt doch!

„Bis morgen!", ruft ihm Melanie nach und sagt dann: „Komota Häigl!" und zu mir gewandt: „Ein wirklich angenehmer Mensch."

Sie kennt ihn gar nicht und hat keine Ahnung, wie nervig er sein kann.

„Was ist dein Typ für ein Sternzeichen?"

Meint sie jetzt Mark?

„Weiß ich doch nicht!"

„Wann hat er Geburtstag?", hakt sie nach.

„Ende August. Warum?"

„Dann ist er Jungfrau. Fleißig, ordentlich, pünktlich. Stimmt´s?"

Ich zucke mit der Schulter, was mir sofort weh tut. Meine Knochen sind demoliert und diese Person, die Mark gar nicht kennt, erzählt mir, wie er ist.

„Woher willst du das wissen? Du kennst ihn doch gar nicht."

Melanie lacht.

„Ich kenne mich mit Sternzeichen aus und mit Horoskopen."

Du liebe Güte! So eine ist das. Mit diesem Käse braucht sie mir nicht zu kommen. Aber sie plappert schon fröhlich weiter.

„Dein Mark würde perfekt zu mir passen - vom

Sternzeichen her meine ich."

Fast hätte ich gesagt: „Ich schenke ihn dir."

Doch ich kann mich beherrschen.

Und schon schwärmt Melanie begeistert von den unglaublich vielen Vorzügen der Jungfrau. Mit einigen hat sie Recht, doch pflichtbewusst, vernünftig und vor allem sparsam sind für mich alles andere als Vorzüge. Geld kommt und geht. Es gibt keinen Grund, es festzuhalten. Doch Mark sammelt und hortet es, was mich ärgert und immer wieder für Streit sorgt. Und er meckert, wenn ich etwas in die Mülltonne gebe, was noch zu gebrauchen ist, ich aber nicht mehr brauchen kann.

„Und du?", will sie wissen.

„Was ist mit mir?"

„Was bist du für ein Sternzeichen?"

Das weiß ich zufällig.

„Wassermann."

Melanie schnauft. Soll sie schnaufen. Ich bin wie ich bin, ob nun Wassermann oder nicht.

„Wassermann und Jungfrau geht gar nicht zusammen", erklärt sie ernst.

„Immerhin seit vier Jahren", werfe ich ein und sehe es als Beweis, wie unsinnig diese Theorie der Sternzeichen ist.

Doch Melanie lässt sich nicht beirren. Sie fragt ungläubig: „Und das funktioniert? Ihr wohnt zusammen?"

Was geht die das an? Soll das bedeuten, dass es mit Mark nur klappt, weil wir *nicht* zusammen wohnen?

„Ich bin jedenfalls Skorpion", erklärt Melanie stolz, obwohl ich sie gar nicht danach gefragt habe.

„Ach, der Fiese mit dem Stachel. Verstehe."

„Das ist ein Riesen-Irrtum. In Wirklichkeit …"

„Lass mich in Ruhe! Ich will schlafen!", unterbreche ich ihren Redeschwall. Was will sie mir beweisen? Dass Mark besser zu ihr als zu mir passt? Offenbar hat sie nicht alle Tassen im Schrank.

Am liebsten würde ich ihr den Rücken zudrehen, doch ich kann mich nicht bewegen. Nicht einmal die Kopfhörer kann ich mir aufsetzen und muss das schmalzige Lied ertragen, das Elisabeth gerade hört und dabei leise mitsummt.

*****

Es klopft an der Tür. Herein kommt ein großer junger Mann mit einer schwarzen Wuschelmähne. Er ist unglaublich attraktiv und ich habe das Gefühl, ihn irgendwoher bereits zu kennen.

„Moritz!", kreischt Melanie, setzt sich sofort auf und richtet ihre Haare.

Ich kann das nicht. Ich liege hilflos wie ein

Wurm im Bett und überlege, ob ich ordentlich zugedeckt bin und wie grausig meine Haare wohl aussehen. Außerdem habe ich vorhin wieder geweint und sicher hässlich rote Augen. Moritz! Mein wunderbarer Retter, der mich aus der Schlucht befreit, in seinen Armen gehalten und getröstet hat.

„Wunderbar, dass du mich endlich besuchst", flötet Melanie.

„Wie geht es dir? Alles gut?"

Moritz küsst Melanie links und rechts auf die Wange. Sind die Beiden ein Paar? Oder vielleicht Geschwister? Beide haben die gleichen schwarzen Locken und das gleiche offene Lachen. Mir wäre es jedenfalls lieber, wenn Moritz Melanies Bruder ist und nicht ihr Freund.

Der Gedanke ist mir peinlich und ich merke, wie ich rot werde. Ausgerechnet jetzt dreht er sich zu mir um und lächelt. Dabei zeigt er schöne weiße Zähne. Seine dunklen Augen waren mir am Abgrund sofort aufgefallen, aber nicht seine dichten schwarzen Locken. Die steckten unter einem Helm.

Ich lächle zurück und sage leise: „Hallo."

„Ihr kennt euch?"

Melanies Stimme klingt überrascht, fast ein wenig empört.

„Du weißt doch, schöne Frauen zu retten ist meine Berufung."

Moritz winkt Elisabeth kurz zu, nimmt sich einen Stuhl und stellt ihn zwischen Melanies und mein Bett.

„Mich kotzt das Herumliegen an!", schimpft Melanie. „Seit zwei Wochen verfaule ich immer mehr. Das ist einfach nicht auszuhalten!"

„Bald kommst aussi."

Dabei klopft er sanft auf Melanies Arm. Dann dreht er sich zu mir und fragt, wie es mir geht.

Ich erzähle ihm, dass ich morgen operiert werde und muss schon wieder weinen.

„So schlimm?"

„Ach, die plärrt den ganzen Tag", winkt Melanie ab.

Eigentlich bin ich keine Heulsuse, aber Melanie hat Recht, ich weine wirklich sehr häufig.

„Das kommt vom Schock", erklärt Moritz. „Das gibt sich bald. Falls nicht, solltest du dir von einem Facharzt, einem Psychologen, helfen lassen."

Das fehlte noch! Ich habe doch keinen Klaps! Entschieden schüttle ich meinen Kopf.

„Als du in die Schlucht gestürzt bist, hast du dich nicht nur körperlich verletzt, sondern auch seelisch."

Unter seelischen Verletzungen verstehe ich Kränkungen.

„Aber mir hat keiner etwas getan!"

„Das nicht, doch deine außergewöhnliche Situation hat sich für dich ausweglos angefühlt, es war eine starke seelische Erschütterung, also gleichzeitig ein seelischer Absturz.“

Von einem seelischen Absturz habe ich noch nie gehört, aber moralische Abstürze halte ich für möglich, auch alkoholische und technische.

„Besuchst du alle, die du gerettet hast?“, frage ich und lächle ihn kokett an.

„Nur hübsche Frauen unter dreißig“, antwortet er schlagfertig.

„Soso“, sage ich und werde wieder rot.

Moritz schaut mich an und mir ist auf einmal ganz seltsam zumute. Wie Vanilleeis, das gerade zu Soße schmilzt. Das ist albern, denn heutzutage schmelzen Frauen nicht mehr dahin, wenn ein Mann sie anschaut. Und doch könnte ich gerade schweben, so leicht und zufrieden fühle ich mich. Am liebsten wäre mir, er würde mich jetzt in seine Arme nehmen und genauso fest halten wie am Abgrund.

„Alles Gute!“, wünscht Moritz, bevor er durch die Tür verschwindet.

Ich bin erleichtert und gleichzeitig traurig, richtig unglücklich und weiß nicht, warum. Und schon wieder laufen mir die Tränen übers Gesicht. Ich kann sie nicht stoppen und komme mir dumm vor.

„Der Moritz könnt zu dir besser passen, der ist Schütze", erklärt Melanie. „Wassermann und Schütze sind das ideale Traumpaar."

Traumpaar. Moritz gefällt mir, äußerlich meine ich. Doch den Partner nach den Sternzeichen auszuwählen, halte ich für kompletten Unsinn.

Trotzdem frage ich: „Wieso?"

„Weil ihr euch gegenseitig Freiheit und Selbstbestimmung zugesteht."

Das habe ich mit Mark auch. Und eigentlich halte ich genau das für völlig normal und wichtig in jeder Beziehung.

„Eure ganze Partnerschaft wäre leicht und sonnig."

Leicht und sonnig. Das gefällt mir schon besser, denn Mark ist pingelig und nervt mit seinem übertriebenen Ordnungsfimmel.

„Auch sexuell", haucht Melanie, zieht ein bedeutungsschweres Gesicht und zwinkert mir zu.

Sexuell. Es ist nicht zu fassen, welche Gedanken dieser Person durch den Kopf gehen. Ich kenne diesen Moritz überhaupt nicht. Er sieht auffallend gut aus - nicht mehr und nicht weniger. Ich denke nicht im Traum an eine Beziehung.

Und doch denke ich darüber nach und träume davon, dass er mich wieder in die Arme nimmt. Vorhin habe ich seine schönen gepflegten Hände bemerkt. Ob sie wohl sanft streicheln oder eher derb zupacken? Ich wüsste gern, wie er riecht. Das halte ich für wichtig, denn es heißt, dass die Chemie stimmen muss. Doch er saß zu weit von mir entfernt. Innerlich lache ich über mich und meine dummen Gedanken. Wenn man so hilflos im Krankenbett liegt, wird man wahrscheinlich blöd im Kopf.

Außerdem sind mir Freundschaften erheblich wichtiger als die sogenannte Liebe. Ihr traue ich ohnehin nicht. Was ist das schon? Ein Strohfeuer, von dem nichts bleibt.

„So, wie du vorhin gekreischt und gesäuselt hast, bist du selbst scharf auf ihn", lenke ich ab.

„Richtig?"

„Schon. Er soll DER perfekte Liebhaber sein. Das sagen jedenfalls alle Mädels, die er vernascht hat."

Vernascht! Wie das wieder klingt! Solch ein Hallodri, der es mit jeder treibt, kann mir gestohlen bleiben. Er rettet die Frauen und sie werfen sich dankbar in seine Arme. Ich mache das jedenfalls nicht. Ein Mann, der aller Augenblicke eine neue Bettmaus braucht, ist einfach nur lächerlich. So einen kann Melanie gern behalten.

„Leider will er mich nicht", erklärt sie. „Außerdem passen Schütze und Skorpion überhaupt nicht zusammen."

Sie muss es ja wissen. Das heißt, sie weiß,

was die Sterne wissen und verlässt sich darauf, mit Hilfe eines Horoskops den richtigen Partner zu finden. Für sie, für mich, für jeden. Sie fragt mich nicht, wie ich mir mein Leben und die Liebe vorstelle, sie sagt es mir.

*****

Am nächsten Morgen liest Melanie mein Tageshoroskop vor: „Sie können ausschlafen und finden Ihre Mitte wieder."

Meine Mitte habe ich nie verloren! Seine Mitte kann man gar nicht verlieren. Dass ich ausschlafen kann, hätte ich mir selbst vorhersagen können. Dazu brauche ich die Sterne nicht. Den ganzen Tag über liege ich hier sinnlos herum und könnte pausenlos schlafen.

„Das gleiche müsste auch bei dir stehen", sage ich. „Immerhin kannst du ebenso ausschlafen wie ich. Aber vielleicht findest du deine Mitte nicht wieder, die du auf der Piste verloren hast." Melanie lacht.

„Bei mir steht, dass ich innerlich unruhig bin und heute mehrmals in Streit gerate."

Das passt, denn mit mir könnte Melanie ganz leicht in Streit geraten. Sie geht mir auf die Nerven mit ihren Sternen und Horoskopen.

Elisabeth

Heute passiert endlich etwas: Ich werde zur Operation gefahren und hoffe, mich danach wieder bewegen und vielleicht sogar aufstehen zu können.

Leider habe ich mich zu früh gefreut, denn am Nachmittag erklärt mir der Arzt, dass ich eine Metallplatte und zwölf Schrauben in der Ferse habe. Obwohl es wohl sein musste, macht mich das viele Metall in meinem Körper derart unglücklich, dass ich schon wieder weinen muss.

„Was reanst wieder?", fragt Melanie.

Reanst? Bedeutet reanen weinen? Dann müsste es: „*Warum* weinst du?" heißen und nicht „was". Eigentlich müsste ihr klar sein, weshalb ich weine. Ich antworte trotzdem.

„Weil ich noch mindestens zwei Wochen hier herumliegen muss. Danach kommt eine Reha und was weiß ich nicht alles", jammere ich und versuche, meine Tränen zu unterdrücken. Es gelingt mir nicht. „Bin halt total unglücklich", murmle ich.

„Jedes Unglück ist nur so schwer, wie man es nimmt. Du bist nur durch das Nachdenken unglücklich", erklärt Elisabeth und lächelt dabei.

Bin ich glücklicher, wenn ich nicht nachdenke?

Das funktioniert bei mir nicht, weil ich ständig über irgend etwas nachdenke. Außerdem glaube ich, dass das Glück niemandem einfach zufällt. Man muss etwas tun für sein Glück, zum Beispiel etwas unternehmen mit Freunden, nicht tatenlos herumliegen wie ich im Moment.

„Ich kann nur glücklich sein, wenn ich etwas Verrücktes erlebe, sonst nicht", bekenne ich trotzig.

„Verrückt ist es allemal, dass du in diesen Abgrund gestürzt bist", bemerkt Melanie lachend.

„Doch das war kein Glück", ergänzt Elisabeth.

Natürlich nicht. Und so meine ich es auch nicht. Zum Glück ist mir außer ein paar Knochenbrüchen nichts wirklich Schlimmes passiert. Und zum noch größeren Glück wurde ich gerettet und zwar von einem ganz besonderen Retter: Moritz!

Schon wieder denke ich an diesen Mann und seine schönen dunklen Augen, die mich so besorgt und direkt liebevoll anschauten. Noch glücklicher wäre ich, wenn ich durch seine wilden Locken wuscheln könnte. Und am glücklichsten wäre ich wohl in seinen Armen. Doch das wird nie passieren. Ich seufze.

„Dein Glück war, dass der Herr dich gerettet hat."

Herr sagt sie zu Moritz? Ich lächle über diese etwas gestelzte Wortwahl.

„Für einen Herrn ist Moritz zu sportlich", lästere ich und kichere.

„Die Lissi meint Gott, du Dummian!"

Wieso Gott? Wir reden von Moritz.

Elisabeth nickt, hebt belehrend den Finger und verkündet allen Ernstes: „Gott hat dich gerettet und deinen Sturz aufgefangen."

Ziemlich irritiert schüttle ich den Kopf und sage: „Moritz hat mich gerettet und der Baum meinen Sturz aufgefangen."

„Das glaubst du nur, weil du vermutlich nicht glaubst."

Ich glaube, weil ich nicht glaube? Diesen Unsinn, der sich selbst widerspricht, glaube ich wirklich nicht und ärgere mich, darüber überhaupt nachzudenken.

„Stimmt das?", hakt Elisabeth nach.

„Was stimmt?"

„Dass du eine Ungläubige bist."

„Ob du an Gott glaubst, will die Lissi wissen."

„An Gott? Nein. Wieso?", frage ich erstaunt.

„Jeder Mensch ist ein Geschöpf Gottes."

Amüsiert entgegne ich: „Ich bin maximal das Geschöpf meiner Eltern."

„Du musst dich nicht lustig machen. Es ist nun einmal so, dass Gott allein über Leben und Tod bestimmt. Alles ist vorherbestimmt", behauptet Elisabeth.

„Also hat dein Gott vorherbestimmt, dass ich

abstürze?", frage ich empört. „Wozu? Um mich zu erschrecken?"

„Wahrscheinlich solltest du etwas lernen", vermutet Elisabeth.

„Oder Moritz kennenlernen", ergänzt Melanie lachend. „Vielleicht ist vorherbestimmt, dass er deine große Liebe wird."

Große Liebe. Ich glaube nicht an die eine große Liebe. Moritz ist mir sympathisch, zudem ausgesprochen attraktiv, aber ich kenne ihn nicht und werde ihn wohl nie kennenlernen. Er lebt in Innsbruck, also 600 Kilometer von Chemnitz entfernt. In ihn könnte ich mich schon deshalb nicht verlieben. So weit funktioniert meine Vernunft noch.

„Du musst alles mit aufrichtiger Liebe betrachten!", rät Elisabeth.

Ich kann unmöglich alles mit Liebe betrachten, denn es ist nicht alles schön und auch nicht gut. Ich brauche nur an meinen Absturz zu denken, den ich nun wirklich nicht mit aufrichtiger Liebe betrachten kann.

„Gott ist Liebe; und wer in der Liebe bleibt, der bleibt in Gott und Gott in ihm."

Verwirrt schaue ich Elisabeth an, während Melanie kichernd verkündet: „Sex ist Liebe, dabei bleibt etwas ganz anderes in mir."

„Melanie!", ruft Elisabeth empört aus.

Sex funktioniert auch ganz ohne Liebe und ich

denke sofort an meinen Freund Mark. Trotzdem habe ich plötzlich dunkelbraune Augen im Sinn und starke Arme, die mich festhalten und aus der Schlucht ziehen. Unwillkürlich muss ich lächeln und gleichzeitig schon wieder weinen.

„Hier!"
Elisabeth reicht mir feierlich ein Buch. Es ist die Bibel.
„Was soll ich damit?"
„Du solltest darin lesen!"
Elisabeth schaut mich freundlich lächelnd an und hält mir noch immer die Bibel entgegen. Doch ich kann sie weder mit der linken noch mit der rechten Hand greifen und will es auch nicht. Endlich merkt Elisabeth, dass ich wegen meiner Verletzungen nicht zufassen kann. Sie wirft das Buch auf mein Bett und nickt mir aufmunternd zu.
„Schlage einfach eine Seite auf und lies, was dort steht!"
Warum nicht? Hier im Krankenzimmer gibt es keine Abwechslung, aber vielleicht ergibt sich eine interessante Diskussion. Denn bisher ist mir noch niemand begegnet, der so offen über Religion spricht wie Elisabeth.
„Meine Tage beginnen und enden mit einem der vielen Bibeltexte, sie helfen mir durchs Leben", erläutert sie.

Ich würde lieber gezielt googeln als mich auf einen zufälligen Spruch aus einer alten Schrift verlassen.

„Die Bibel erklärt das Unerklärliche", sagt sie noch.

Innerlich schüttle ich den Kopf. Wie soll man Unerklärliches erklären? Vor tausenden Jahren hat man den Geschichten in diesem Buch glauben müssen, heute nicht mehr.

Laut lese ich: „Hadre nicht mit jemandem ohne Ursache, wenn er dir nichts Böses getan hat."

Elisabeth lächelt mich an.

„Dieser Satz wird dich durch den Tag lenken."

Ich will nicht gelenkt werden. Ich lenke lieber selbst. Hadern? Ich verstehe darunter verärgert sein. Ich bin verärgert, weil mein Schiurlaub geplatzt ist, dass ich eine Platte und viele Schrauben in meinem Bein habe, meine Finger in einem Plastikgestell stecken und meine Schulter höllisch weh tut. Das Bein liegt wie ein Klotz, der gar nicht zu mir gehört, auf dem Bett und obendrein jagt mir die Schwester Thrombose-Spritzen in den Bauch. Ich habe also allen Grund zu hadern und schnaufe wütend.

„Ich hadre nicht mit einer Person, sondern mit meinem Schicksal. Schau mich doch an!"

„Aber dir hat niemand Böses getan", erklärt Elisabeth mit sanfter Stimme.

„Nur dein Gott!", sage ich verärgert. „Der hat

mich deiner Meinung nach in die Schlucht fallen lassen, in der ich fast erfroren oder vor Angst gestorben wäre."

Wütend gebe ich der Bibel einen Schubs und sie rutscht vom Bett.

„Bist du verrückt?", schreit Elisabeth.

„Tut mir leid", stammle ich. „War keine Absicht."

„Mit der Heiligen Schrift geht man achtsam um!" Ich gehe mit jedem Buch achtsam um, nur bin ich im Moment wegen meiner Verletzungen etwas ungeschickt. Für mich ist die Bibel ein Buch wie jedes andere auch, manche mag ich und manche eben nicht.

„Bibel heißt aus dem Griechischen übersetzt Buch, weiter nichts", versucht Melanie, mein Missgeschick etwas abzumildern.

„Das stimmt nicht! Es ist das Buch aller Bücher. In ihr ist die Erschaffung der Welt beschrieben." Elisabeth sagt das so ernst, dass ich annehmen muss, sie glaubt tatsächlich, dass Gott die Welt erschaffen hat. Dabei entstand sie vor etwa fünf Milliarden Jahren, worüber wir im Astronomieunterricht viel diskutierten. Doch vielleicht gibt es dieses Fach in Österreich nicht.

Sie klingelt nach der Schwester und bittet sie, das Buch aufzuheben. Fast zärtlich streicht sie darüber und lächelt dabei.

„Kennt ihr den Spruch: Der Mensch denkt und

Gott lenkt?"

Melanie und ich nicken.

„Der Mensch denkt über so vieles nach und macht seine Pläne. Doch das letzte Wort hat immer der Herr."

Innerlich schüttle ich den Kopf, obwohl ich weiß, dass vieles anders kommt als man geplant hat.

„Im Grunde ist bereits vor unserer Geburt unser ganzes Leben vorherbestimmt."

Das Herunterfallen ist ebenso vorherbestimmt wie das Gerettetwerden? Warum musste ich überhaupt erst fallen? Dann wäre eine Rettung nicht nötig gewesen. Doch wenn ich nicht abgestürzt wäre, hätte mich Moritz nicht gerettet. Ich seufze und denke wehmütig an seine dunklen Augen und starken Arme. Moritz ist schon ein ganz besonderer Mann und hat mir vom ersten Augenblick an gefallen. Doch leider nützt mir das nichts, denn er lebt hier in Österreich, ist ein stadtbekannter Frauenheld und interessiert mich eigentlich überhaupt nicht. Ich kann nur seltsamerweise nicht aufhören, ständig an ihn zu denken und von ihm zu träumen.

„So ist es, auch wenn du es nicht glaubst", fasst Elisabeth zusammen.

Ich will nicht glauben, ich will wissen.

„Die Lissi hat Recht", stimmt Melanie zu. „Der kosmische Moment deiner Geburt enthält alle

Informationen über deinen Lebensplan."

Interessiert horche ich auf. Beide Frauen behaupten allen Ernstes, mein gesamtes Leben stünde bereits von Geburt an fest. Elisabeth glaubt, dass Gott alle Geschicke lenkt und Melanie hält die Sterne für verantwortlich.

Mir fallen die Palmblattbibliotheken im asiatischen Raum ein, die für mich Spinnerei sind. Auf solch einem Palmblatt steht angeblich alles, was im Leben relevant ist, von der Geburt bis zum konkreten Todestag. Es ist die Lebensaufgabe aufgezeichnet, wie Beziehungen verlaufen und was vergangen und künftig zu erwarten ist. Wie kann das sein, dass mein gesamter Lebenslauf in Deutschland auf einem hunderte Jahre alten Blatt in Indien aufgezeichnet steht?

Melanie glaubt, mein Leben bestimmen die Sterne und Elisabeth denkt dabei an Gott. Ich glaube an mich selbst. Denn wenn bereits alles feststeht, müsste ich gar nichts mehr tun. Doch wenn ich tatsächlich nichts mehr tun würde, hätte ich recht bald keine Freunde mehr, keine Wohnung, keine Arbeit noch sonst etwas.

Und doch lässt mich der Gedanke der Vorbestimmung nicht mehr los. Ist es mir vorbestimmt, bei diesem Absturz die Knochen zu brechen? Sollte ich daraus lernen, umsichtiger zu sein? Am liebsten wäre mir, wenn mir Moritz vorbestimmt wäre. Moritz! Dieser Mann, der mir einfach nicht mehr aus dem Kopf geht.

Ob auch Moritz an ein von Gott oder den Sternen vorbestimmtes Leben glaubt? Dann würde er nicht zu mir passen. Er hat vermutlich ganz andere Vorstellungen vom Leben als ich, andere Traditionen und Werte. Doch andererseits ist er Bergretter, mischt sich ins Schicksal ein und glaubt deshalb eher nicht an Vorbestimmung.

Ich allein bin für das, was ich tue und unterlasse, verantwortlich und möchte mich weder hinter Gott noch den Sternen oder dem Schicksal verstecken.

Melanie

„Was hörst du für Musik?", frage ich Melanie, die in Gedanken versunken in ihre Kopfhörer lauscht.

„Like Elephants", antwortet sie.

„Lustiger Name. Sind das Engländer?"

„Nein, Österreicher. Die Melodien passen gar nicht zum Namen, sind eher verträumt."

Melanie hätte ich eher Hardrock zugeordnet. Ich sage ihr das.

„Am liebsten höre ich Jay Cooper."

„Cooper sagt mir was."

„Nicht der alte Rocker Alice Cooper und schon

gar nicht der schnulzige Engländer", erklärt sie lachend. „Jay Cooper ist ebenfalls Österreicher, junger Pop-Rocker, Texte natürlich Englisch."

Natürlich? Für mich ist es überhaupt nicht natürlich, in einer fremden Sprache zu singen. Aus Österreich kenne und mag ich die alten Liedermacher wie Peter Cornelius oder Rainhard Fendrich. Ich höre am liebsten deutsche Schlager, Mark ebenfalls.

Wenn Moritz nun keine Schlager mag, sondern auf Hardrock oder gar Heavy Metal steht? Ich weiß überhaupt nichts über ihn. Doch ich möchte so gern mehr über ihn wissen. Eigentlich alles. Doch es bringt nichts, ständig über ihn nachzudenken und es ist auch gleichgültig, welche Musik er mag.

„Was hörst du für Musik?", frage ich Elisabeth.

„Am liebsten Gospel, die singe ich auch gern bei uns im Kirchenchor."

„Sind das nicht englische Kirchenlieder?"

„Ja", ruft sie begeistert aus. „Das ist die afroamerikanische Art, das Evangelium zu singen."

Ich unterdrücke ein Lachen, weil mir das ziemlich verrückt erscheint, Gott auf afrikanische Art in englischer Sprache zu preisen. Ich kenne mich zwar mit Kirchenliedern nicht aus, doch zumindest weiß ich, dass Bach für die Kirche komponierte und Mozart ebenfalls, der zudem sogar Österreicher ist. Doch ich sage nichts dazu. Kürzlich sah ich einen Bericht über Wien, wo ein alter Hochwürden stolz auf seine moderne Kirche aus schmucklosem Beton war. Er betonte, alte Kirchenlieder abzulehnen und nur zeitgemäße Titel zu singen.

„Ich mag keine Kirchengesänge", verkündet Melanie, „und auch keine Bibel."

„Nicht? Aber du glaubst an Gott?", erkundigt sich Elisabeth entsetzt.

„Natürlich. Aber nicht so wie du oder die Kirche. Für mich ist Gott das gesamte Universum, woraus wir alle kommen und wohin wir alle zurückkehren."

Interessiert höre ich den Beiden zu. Für mich ist das Thema vollkommen neu, denn in meinem Freundeskreis und meiner Familie wurde noch niemals über Gott und die Bibel diskutiert. Eher über das Universum und die Entstehung der Erde, das Sonnensystem.

„Gott schuf den Menschen nach seinem Bilde, so steht es eindeutig in der Bibel", erklärt Elisabeth.

„Das weiß keiner so genau. Ich halte mich an die Sterne, denn die kann ich sehen." Nach einer Pause ergänzt sie: „Und ich glaube an Schutzengel, obwohl ich die nicht sehen kann."

„Jeder Mensch hat einen Schutzengel, der ihn durchs Leben führt", ergänzt Elisabeth.

Schutzengel. Meine Freundin in Chemnitz sammelt kleine Engelfiguren, weil sie diese niedlich findet. In ihrer Wohnung stehen überall kleine und große Engel aus Holz, Keramik und Metall. Doch an Schutzengel glauben wir beide nicht.

„Das stimmt!", kreischt Melanie. „Meine Eltern haben einen ganz tollen Schutzengel, der sie schon oft gerettet hat."

„Erzähle!", fordere ich vergnügt und bin gespannt auf ihre Geschichte.

„Meine Eltern hatten einen Schmuckladen und sind ausgeraubt worden."

„Oje!", rufe ich aus. „Da muss ihr Schutzengel geschlafen haben."

„Nein! Denn ihnen ist nichts passiert. Der Typ drohte zwar mit einer Waffe, doch er nahm nur die fünf wertvollsten Uhren aus der Vitrine und verschwand so plötzlich wie er gekommen war."

„Siehst du?", wendet sich Elisabeth triumphierend an mich.

„Der Dieb zerschlug keine einzige Vitrine und rührte nicht einmal den teuren Schmuck in den Auslagen an."

Das heißt, sie waren nur an diesen fünf Uhren interessiert und wussten bereits vor dem Raub, wo sich diese befanden.

„Zwar zahlte die Versicherung nicht, doch meine Eltern nahmen diesen Überfall als himmlischen Fingerzeig, ihr Geschäft zu verkaufen und in Rente zu gehen."

Ich verdrehe die Augen, denn Hinweise vom Himmel kann ich mir beim besten Willen nicht vorstellen.

„Sie fanden recht schnell einen Nachfolger, der den gesamten Warenbestand fast zum realen Wert übernahm."

„Also hat ihnen der Schutzengel zum zweiten Mal geholfen", ergänzt Elisabeth.

„Genau. Und es gibt sogar noch einen dritten Beweis. Meine Eltern hatten einen schweren Autounfall."

Vor Schreck halte ich den Atem an und warte gespannt darauf, wie hierbei der Schutzengel eingriff.

„Keine Sorge!", sagt Melanie. „Sie blieben vollkommen unverletzt. Nur ihr Fahrzeug hatte Totalschaden und musste ersetzt werden."

„Zufall", brumme ich erleichtert. „Das sind reine Zufälle und keine Beweise für die Existenz von Schutzengeln."

Die Beiden schauen sich an und lächeln vielsagend.

„Ich weiß sogar, wie dein Schutzengel heißt", verkündet Melanie.

Darüber lacht sogar Elisabeth.

„Jedes Sternzeichen hat seinen eigenen Schutzengel und deiner", dabei zeigt sie auf mich, „heißt Uriel. Er ist der Engel der Intelligenz."

„Oh! Das passt perfekt zu mir", stimme ich lachend zu.

Den Namen und vor allem seine Bedeutung werde ich mir einprägen und damit bei nächster Gelegenheit meine Freunde beeindrucken.

„Jedenfalls hat dir dein Schutzengel geholfen, indem er dich beim Absturz auf den Baum fallen ließ."

Gestern war es noch Gott, heute ist es der Schutzengel. Doch für mich war es eindeutig Moritz, der mich aus dem Abgrund rettete. Und schon träume ich wieder von diesem wunderbaren Mann.

*****

„Meine Schwester hört Stimmen", erzählt Melanie am nächsten Tag.

„Wie denn Stimmen?", frage ich.

„Immer, wenn sie allein war, sprach plötzlich jemand mit ihr, der gar nicht da war."

„Wenn keiner da ist, kann man sich Stimmen einbilden, aber nicht wirklich hören", werfe ich ein.

Melanie nickt, während Elisabeth erschrocken oder entsetzt den Kopf schüttelt.

„Auch unsere Eltern hielten alles für kindliche

Fantasie und lachten darüber. Doch Simone litt. Sie hielt sich die Ohren zu, wenn sie diese unheimlichen Stimmen hörte, obwohl es nichts half, denn die Stimmen waren direkt in ihrem Kopf. Simone behauptete, der Opa hätte sich gemeldet, obwohl der Opa schon vor vielen Jahren gestorben ist. Er soll so Dinge wie „Ich habe euch lieb" gesagt haben, die er in seinem Leben niemals über die Lippen gebracht hatte."

Melanie setzt sich im Bett auf und schaut bedeutungsschwer zwischen mir und Elisabeth hin und her, bevor sie weiter erzählt.

„Vater schimpfte, Simone solle keinen Unsinn reden. Doch sie schwor, dass es diese Stimmen wirklich gibt und dass sie sich vor ihnen fürchtet. Irgendwann schleppten die Eltern sie zum Arzt, der Schizophrenie vermutete und zu einer Behandlung in der Uniklinik Innsbruck riet, wo es einen speziellen Forschungsbereich gibt."

Erschrocken halte ich mir die Hand vor den Mund. Der Arzt wird ein Medikament verschrieben haben, obwohl lebhafte Fantasie bei Kindern normal ist.

„Verrückt", murmelt Elisabeth.

Melanie nickt.

„Die Eltern und Nachbarn glaubten tatsächlich, Simone wäre verrückt, eine Wahnsinnige. Mutter schämte sich und Vater wollte Simone am liebsten sofort in dieser Klinik abgeben."

Melanies Eltern halten ihr Kind für verrückt, dabei hat es nur Fantasie. Ich habe als Kind auch mit imaginären Freunden gesprochen, sogar mit Tieren, die es gar nicht gab.

Gespannt warte ich, wie diese seltsame Geschichte weitergeht.

„Meine Schwester sprach vor lauter Angst überhaupt nicht mehr. Sie stürzte sozusagen komplett ab. Schließlich kam meine Oma und hat Simone gerettet."

„Wie denn gerettet?", will ich wissen.

„Sie nahm sie einfach mit in ihr Dorf im Karwendelgebirge, wo sie direkt neben der Wallfahrtskirche wohnt."

Da haben wir´s. Schon wieder geht es um die Kirche.

„Und jetzt ist deine Schwester fromm", sage ich etwas verärgert.

„Nein, sie ist hellsichtig."

Hellsichtig. Diesen Begriff habe ich noch nie gehört.

„Was bedeutet das? Hat sie was mit den Augen?"

Melanie schüttelt lachend den Kopf.

„Sie hat übersinnliche Fähigkeiten, sie spricht mit Verstorbenen."

Das ist ein albernes Geschwätz, weil man unmöglich mit Verstorbenen sprechen kann.

Wenn man tot ist ist man tot. Aus. Ende.

„Ich sehe euch an, dass ihr mir nicht glaubt. Und doch ist es so", sagt Melanie. „Wir alle leben ewig! Die Natur kennt keine Vernichtung, nur Verwandlung. Wir verschwinden also nicht."

„Nein, wir hören das Gras von unten wachsen", rutscht es mir etwas salopp aus dem Mund.

Sollen die Leute glauben, was sie wollen. Ich stelle jedenfalls nicht das Geistige über das Physikalische.

Ich erinnere mich an die Worte von Moritz, dass es nicht nur natürliche Abgründe gibt, in die man stürzen kann, sondern auch seelische. Je mehr ich darüber nachdenke, desto logischer erscheint mir das und ich vermute, dass es außerdem religiöse, übersinnliche und astrologische Abstürze gibt.

Als ich zwei Wochen später aus dem Krankenhaus entlassen werde, schenkt mir Elisabeth die Bibel.

„Was soll ich damit?"

„Nimm sie! Du wirst es nicht bereuen."

Ich greife nach dem Buch und weiß, dass ich es im nächsten Papierkorb entsorge. Oder darf man eine Bibel nicht einfach so wegwerfen? Warum eigentlich nicht? Schließlich ist es ein Buch wie jedes andere auch.

Mark

Mark hatte vor dem Urlaub für uns beide eine Auslandskrankenversicherung abgeschlossen, die nun für meinen Rücktransport nach Chemnitz aufkommt. Während ich im Krankenhaus auf den Wagen warte, klappe ich die Bibel auf und lese: „Wer klug und einsichtig ist, der achte auf das, was in diesem Buch geschrieben steht."

Darüber schüttle ich amüsiert den Kopf, denn es wäre vermutlich eher recht dumm, ernsthaft auf ein Buch zu achten, das viele tausend Jahre alt ist. Ich beschließe, die Bibel einfach auf der Bank liegenzulassen.

Als der Krankenwagen kommt, konzentriere ich mich auf meinen neuen orthopädischen Schuh. Ich habe schon vergessen, wie der Arzt dieses starre Monstrum nannte. Ein Pfleger greift nach meiner Tasche und stützt meinen linken Arm. Mit der rechten Hand halte ich recht unbeholfen einen Stock.

„Sie haben Ihr Buch vergessen!", ruft eine Schwester und legt es lächelnd auf meine Tasche.

Während der langen Rückfahrt schlage ich die Bibel auf und lese:

„Was saßest du müßig zwischen den Hürden?"
Was saßest du ergibt keinen Sinn. Es könnte *wie saßest du* oder besser *warum* heißen. Mit Hürden könnten meine kaputten Knochen gemeint sein. Mit ihnen bin automatisch zum Müßiggang, zum Herumsitzen verurteilt.

Mich amüsiert, dass der Satz tatsächlich irgendwie zu meiner aktuellen Situation passt. Allerdings ist Faulsein nicht schlimm. Ich bin recht gerne faul und das in voller Absicht.

Nun freue ich mich auf mein Zuhause und vor allem darauf, endlich allein aufs Klo gehen zu können.

Leider ist das alles andere als einfach, weil ich nur über eine recht steile und sehr enge Wendeltreppe in mein Bad gelangen kann. Gelangen könnte! Bis eben war ich ausgesprochen stolz auf meine wunderbare und ungewöhnlich geschnittene Maisonette-Wohnung im Dachgeschoss. Doch jetzt habe ich ein echtes Problem mit dieser Treppe, die frei mitten im Raum steht. Den kaputten Fuß kann ich noch nicht voll belasten und für die Krücke sind die Stufen zu schmal. Der Handlauf ist nur ein dickes wackeliges Seil, das ich mit der verbundenen Hand nicht packen kann, und befindet sich ausgerechnet auf der linken Seite. Rechts gibt es nichts, wo ich mich festhalten oder gegenlehnen könnte. Ich schaffe keine einzige Stufe nach oben und könnte heulen! Und mache das auch.

Weinend sitze ich auf den Stufen und möchte vor Wut in irgendeinen Kochtopf pinkeln. Über diesen Gedanken muss ich lachen. Und zack tröpfelt es in meine Hose. So ein Mist!

Hose! Ich trage gar keine richtige Hose, sondern solch ein hässliches Joggingteil, das mir Mark in Innsbruck besorgt hat. Es hat unten weite Beine und sogar einen Reißverschluss. So passt es zwar gut über meinen dick eingewickelten Fuß, doch schön ist etwas Anderes. Mir fällt der treffende Spruch von Karl Lagerfeld ein: Wer eine Jogginghose trägt, hat die Kontrolle über sein Leben verloren. Die Doppeldeutigkeit amüsiert mich, denn im Moment habe ich sowieso keine Kontrolle, nicht über mein Leben und schon gar nicht über meinen Körper.

Endlich kommt Mark. Ich hatte ihn von unterwegs aus angerufen und gehofft, dass er bereits vor der Tür steht. VOR der Tür, denn er besitzt keinen Schlüssel zu meiner Wohnung.

Er küsst mich auf die Wange, hängt meine Jacke auf den Bügel und fängt an, meine Tasche auszuräumen, was mich sofort ärgert.

„Hier bin ich!", fauche ich ihn an und klopfe mit

dem Stock gegen die Treppenstufe.

„Warum sitzt du auf der Treppe?", fragt er.

„Eingepinkelt habe ich! Nun weißt du´s!"

Ungläubig schaut er mich an und sieht dabei alles andere als attraktiv aus.

„Die Treppe! Ich komme die blöde Treppe nicht hoch."

Mark hält sich die Hand vor den Mund. Er soll nicht dumm gucken, er soll mir gefälligst nach oben helfen!

„Hilf mir doch endlich!", bitte ich.

Sofort steht er neben mir und hilft mir auf. Doch die Treppe ist derart steil und schmal und außerdem noch gewunden, das wir zu zweit unmöglich nebeneinander passen. Mark weiß nicht, wie er mich halten soll. Schließlich stützt er mein linkes Bein von hinten, damit ich es nicht voll belasten muss und schiebt am Hintern etwas nach. Zu stark darf er allerdings nicht schieben, sonst verliere ich das Gleichgewicht und stürze am Ende die Treppe hinunter. Nach einer gefühlten Ewigkeit sind wir endlich oben und ich bin vor Anstrengung komplett durchge-schwitzt.

Das Hinsetzen auf die Toilette erweist sich als ebenso problematisch, weil sie so weit unter der Dachschräge steht. Es ist zum Verrückt-werden! Ich kann mich nicht gleichzeitig mit der rechten Hand auf den Stock stützen und die

Hose nach unten ziehen, die lädierte linke ist mir ohnehin keine Hilfe. In gebückter Haltung versuche ich, die Klobrille anzupeilen. Und ich weiß nicht, ob ich darüber lachen oder gleich wieder losheulen soll.

„Sei so gut und hole mir frische Wäsche!", rufe ich.

„Was genau brauchst du?"

So eine blöde Frage!

„Eine Hose brauche ich. Einen Schlüpfer!", schreie ich ihn an und weiß im gleichen Moment, dass Mark nicht der wahre Grund für meine Gereiztheit ist.

Ich habe das Gefühl, übel zu riechen und das dringende Bedürfnis nach einer Dusche. Doch das geht nicht, denn erstens habe ich gar keine Dusche und zweitens könnte ich sie so lädiert und zugepflastert gar nicht benutzen. Erst recht nicht allein. Und ein Wannenbad kann ich mir komplett abschminken.

Ich muss mich wie in einem früheren Jahrhundert mit einer Katzenwäsche am Waschbecken zufrieden geben. Mehr als ein wenig anspritzen geht leider nicht, doch ich fühle mich zumindest frisch. Sicherheitshalber benutze ich viel Deospray und zusätzlich reichlich Parfüm.

„Hast du Hunger, Maus?", erkundigt sich Mark. „Ich habe eingekauft."

Klar habe ich Hunger. Ich könnte ein ganzes Schwein vertilgen.

„Lege dich aufs Bett!", schlägt er vor. „Ich komme gleich mit dem Essen hoch."

Und schon springt er die Stufen hinunter, als gäbe es dabei keine Probleme. Das deprimiert mich direkt und macht mich gleichzeitig wütend, dass ich schon wieder in Tränen ausbreche.

Kurz darauf ist Mark wieder bei mir und stellt mir einen Teller mit Schinken- und Käsebrötchen und einer geschälten Apfelsine aufs Bett.

„Darfst du Alkohol trinken?"

„Warum nicht?", frage ich erstaunt zurück.

„Wegen den Tabletten."

Wegen *der* Tabletten heißt das! Das lernt er nie, obwohl Deutsch seine Muttersprache ist.

„Rotwein. Ich will Rotwein."

„Möchte bitte!", korrigiert er.

Ist er mein Lehrer?

„Möchte bitte", äffe ich ihn nach. „Wärst du bitte so überaus freundlich und würdest mir gnädigerweise ein Glas Rotwein bringen?"

„Deinen sarkastischen Unterton kannst du stecken lassen. Ich mag das nicht. Das weißt du."

Und er weiß, dass ich nicht mag, wenn er mich korrigiert und wie ein kleines Kind behandelt. Im Moment bin ich allerdings wie ein kleines Kind auf seine Hilfe angewiesen und finde es

68

eigentlich nett von ihm, dass er sich so um mich kümmert.

Mit Mark kann ich nicht diskutieren. Er sagt einfach: „Ach, Mäuschen, wir werden uns doch jetzt nicht streiten. Sei wieder lieb!" Als ob ich böse wäre, weil ich gern mit ihm diskutiere. Ich will seine Meinung hören und ihm meine darlegen. Es muss ein Hin und Her geben, eine Wechselrede. Und zwar über alles, was mir so durch den Kopf geht, über einen Film, den wir gesehen haben, über ein Buch, das ich gelesen habe. Doch Mark interessiert sich nur für die Nachrichten. Er liest keine Bücher, er liest die Tageszeitung, denn er will über alles informiert sein. Ich glaube, dass Leute, die gar nicht lesen, besser informiert sind als die, die nur Zeitung lesen. Wichtig für ihn sind außerdem Versicherungen, die mich nun gar nicht interessieren. Man kann sich nicht gegen alles absichern. Wenn es nach ihm ginge, hätte ich außer meiner Hausrats- und Autohaftpflicht- noch Rechtsschutz-, Unfall-, Pflege- und Krankenzusatzversicherungen. Ich brauche das nicht.

„Ich gehe zuerst ins Bad, wenn es dir recht ist", verkündet Mark.
„Du schläfst heute nicht hier!", platzt es heftiger

aus mir heraus als gewollt.

Mark zuckt zusammen.

„Warum?"

Warum eigentlich? Ich will eben nicht, dass er die Nacht hier verbringt. Am liebsten überhaupt keine mehr. Dieser Gedanke wundert mich selbst. Was ist nur los mit mir?

„Weißt du", stottere ich. „Ich brauche extrem viel Platz für mein Bein und kann mich wegen der schmerzenden Schulter kaum drehen."

Ich sehe Mark an, dass er nicht gehen wird. Das macht mich wütend. Es ist meine Wohnung und damit basta.

„Und wenn ich unten auf dem Sofa schlafe? Dann könnte ich dir helfen, falls du in der Nacht zur Toilette musst."

Heftig schüttle ich meinen Kopf. Das fehlte noch, dass er mich jedes Mal zum Klo begleitet und womöglich daneben stehenbleibt, bis ich fertig bin.

„Nein, das will ich nicht! Ich trinke einfach nichts mehr, dann muss ich auch nicht."

Hoffentlich lässt er trotzdem die erst halbleere Weinflasche am Bett stehen.

„Geh jetzt!", kommt es recht unfreundlich wie von allein aus meinem Mund.

Mark schaut mich unschlüssig an.

„Bitte!", sage ich und hoffe, dass er endlich geht.

„Dein Ton und dein Blick klingen nicht nach einer Bitte, eher nach einem Befehl."

Dann ist es eben ein Befehl.

„Ich verstehe dich nicht!", schimpft er. „Du bist so anders, direkt seltsam, seit du wieder daheim bist. So abweisend. So verkrampft."

Das trifft es: Ich bin verkrampft.

„Abweisend bin ich nicht", verteidige ich mich. „Ich bin krank! Mein Bein, meine Schulter und meine Hand sind verletzt. Kapierst du das nicht?"

„Verstehe", brummt Mark und schaut mich nicht an dabei. Ich sehe ihm an, dass er verletzt oder gar wütend ist. Er stürmt polternd die Treppe hinunter und wirft die Wohnungstür so heftig hinter sich zu, dass sie laut gegen den Rahmen kracht.

*****

Endlich bin ich allein und lehne mich erleichtert in meine Kissen zurück. Ich weiß, dass Mark mir nur helfen will, doch ich will seine Hilfe nicht. Mir ist im Moment alles zu viel. Sogar seine Nähe. Ich will mein Bett für mich allein. Es ist ohnehin zu schmal für zwei Personen. Erst recht mit dem verletzten Bein, der steifen Hand und der schmerzenden Schulter.

Ich will auch nicht, dass er auf meinem Sofa

schläft. Das bringt nur Unruhe. Er muss hier hoch ins Bad und macht morgen Früh Lärm, wenn er frühstückt, bevor er zur Arbeit geht. Mir fällt ein, dass ich zum Essen wieder nach unten muss. Doch darüber werde ich erst morgen nachdenken, heute nicht mehr.

Ich mag auch nicht darüber nachdenken, warum mir Mark auf einmal so auf die Nerven geht. Mir ist schon sein Kuss zu viel, erst recht eine Umarmung. Das liegt vermutlich nur an meinen Verletzungen und wird vergehen, wenn ich wieder gesund bin.

Ausgerechnet jetzt fällt mir Moritz ein. Das finde ich seltsam. Doch auch darüber mag ich nicht nachdenken, weil ich sonst seine schönen dunklen Augen nicht mehr aus dem Kopf kriege. Ich bin ein Kopfmensch und mag es gar nicht, wenn ich nicht voll über meine Gedanken bestimme. Ich weiß nur nicht, wie ich meine Träumereien von Moritz verhindern kann.

Der Fernseher befindet sich unten in der Wohnküche, auch das Regal voller Bücher. Suchend schaue ich mich um. Neben dem Bett steht noch die Reisetasche, die ich Mark nicht ausräumen ließ. Lustlos werfe ich die verschmutzte Kleidung zur Seite auf den Boden und halte plötzlich die Bibel in der Hand.

Ich schlage sie auf und lese: „Vor allem behüte dein Herz, denn es hat den größten Einfluss auf dein Leben!"

Ist mit dem Herz das Körperorgan oder die Seele gemeint? Mein Herz ist jedenfalls gesund. Es gibt Leute, die behaupten, das Herz sei der Sitz der Seele. Für mich ist der Verstand wichtiger als die Seele. Verliebte sind angeblich ein Herz und eine Seele. Das halte ich für stark übertrieben. Richtig verliebt war ich eigentlich noch nie, auch nicht in Mark. Wir verstehen uns gut, obwohl wir so grundverschieden sind. Gegensätze ziehen sich eben an, das weiß schließlich jeder.

Ich fühle mich mit Mark verbunden und mag ihn. Er sieht gut aus: groß, schlank, blond, blaue Augen. Er ist zuverlässig, ich vertraue ihm. Sicher gibt es noch viel mehr, was ich an ihm mag. Doch im Moment fällt mir nichts weiter ein.

*****

Ich lernte ihn vor vier Jahren kennen, als ich mit meinen Freunden im Irish Pub saß. Ich mag eigentlich keinen Whisky und trinke in der Regel nur heimisches Bier oder Rotwein. Doch einer meiner Freunde schmiss eine Geburtstagsparty und da wollte ich nicht fehlen. Neben uns hing müde ein Typ halb über dem Tisch und schlürfte lustlos sein Bier. Wir waren alle ziemlich angeheitert und nötigten ihn, sich zu uns zu setzen. Er rutschte ein Stück herüber und ließ sich gegen mich fallen. Fast hätte ich ihm sofort eine gescheuert, doch ich verfehlte ihn. Darüber lachten meine Freunde derart laut und vor allem lange, dass sich andere Gäste beschwerten und wir gebeten wurden zu gehen.

Ich weiß nicht mehr, wie es passierte, doch ich landete in Marks Wohnung und kotzte den ekligen Whisky in sein Bad. Daran erinnere ich mich noch genau, doch nicht, wie ich in sein Bett geriet. Am nächsten Morgen hatte ich furchtbare Kopfschmerzen. Ich wollte gar nicht wissen, was alles passiert ist. Vorwürfe konnte er mir keine machen, schließlich war ich ziemlich betrunken und somit nicht für das verant- wortlich, was ich gesagt oder getan hatte. Außerdem mochte ich nicht reden, weil mein Kopf bei jedem Wort und eigentlich auch bei jeder Bewegung heftig brummte. Ich ging ins Bad und als ich wieder heraus kam, hatte Mark Kaffee gekocht und den Frühstückstisch üppig gedeckt mit Wurst, Käse und fetter Butter.

Ich fuhr ihn an: „Räum das weg! Mir wird schlecht davon!"

„Aber Kaffee geht, oder?"

Damit schob er mir eine Tasse zu.

„Lieber O-Saft. Hast Du Aspirin?"

Er hatte. Und zwar eine Sprudeltablette, die man in einem Getränk auflösen musste. Danach trank ich wohl eine halbe Kanne Kaffee leer, murmelte einen Gruß und verschwand. Ich war dem Typ keine Rechenschaft schuldig. Ich kannte ihn schließlich gar nicht.

Am nächsten Tag stand er vor meiner Tür, obwohl ich mich an keine Verabredung erinnerte. Wir mussten also die Adressen ausgetauscht haben. Sofort wollte er mich küssen. Doch ich bin kein Küsser und sagte kurz angebunden: „Ich küsse niemanden, den ich nicht kenne."

Wobei mir gar nicht klar war, ob wir uns nicht längst in der letzten Nacht geküsst und was weiß ich nicht alles gemacht hatten.

„Das können wir ändern", antwortete er frech, schob mich beiseite und betrat ungebeten meine Wohnung.

„Du hast keinen Flur! Man steht direkt in der Stube."

„Wohnküche", verbesserte ich und zeigte mit der Hand auf die Küchenzeile im Raum.

„Das ist unpraktisch", erklärte er. „Soll ich meine Jacke aufs Sofa legen und die Schuhe neben den Kochtopf stellen?"

Wieso Schuhe? Ich verstand, was er meinte, als er seine Straßenschuhe von den Füßen schob.

„Du bist hier nicht bei deiner Mutter!", fuhr ich ihn an. „Bei mir läuft man nicht auf Socken."

Trotzdem zog er die Schuhe nicht wieder an, was mich wütend machte.

„Du hast wohl gerade gegessen?"

Er zeigte auf das Geschirr, das neben der Spüle stand. Ich brauchte eine Weile, um zu kapieren, dass er gerade meine Ordnung kritisierte.

„Bei dir sieht es aus, als wohnt hier ein Kerl und kein Mädchen."

Jetzt langte es mir. Am liebsten hätte ich ihm sonst etwas um die Ohren gehauen, mir fiel nur keine geistreiche Antwort ein. Das ist ungewöhnlich bei mir, denn in der Regel bleibe ich niemandem etwas schuldig, schon gar nicht mit Worten.

Er setzte sich aufs Sofa, nachdem er meinen Pulli und die Hose zur Seite geschoben hatte, und fing an zu reden.

„Ich heiße Mark, bin 26 Jahre alt, ledig und Optiker."

„Wie?"

„Optiker. Ich bin von Beruf Augenoptiker."

Was geht mich das an?

„Du weißt ja: Das Leben kann so schön sein. Man muss es nur durch die richtige Brille sehen."

Witzig ist er auch noch, dachte ich und lächelte

ihn schief an. Dabei fiel mir auf, dass seine Brille verrutscht war. Ich widerstand dem Impuls, sie wieder gerade zu rücken und wunderte mich, dass die Brille eines Optikers so schlecht sitzt und er das nicht einmal zu merken schien.

Jedenfalls öffneten wir keine halbe Stunde später eine Flasche Wein und redeten uns fest. Zu essen hatte ich nichts da, also bestellten wir Pizza und tranken eine weitere Flasche Wein leer.

Später erzählte mir Mark von seiner Freundin, seiner Ex, die von ihm schwanger wurde, das Kind aber abtreiben ließ und aus der Wohnung auszog. Er wusste nicht, warum sie das Kind und ihn plötzlich nicht mehr wollte und lauerte ihr jeden Tag nach der Arbeit auf. Doch sie sprach nie mit ihm und gab auf keine seiner Fragen jemals eine Antwort. Eines Tages blieb sie stehen und er freute sich schon. Doch sie wollte nicht mit ihm sprechen, sondern drohte mit der Polizei, sollte er noch einmal vor ihrem Büro auftauchen.

Da fing er an zu trinken und hoffte, das Mädchen, das ungeborene Kind und das plötzliche Ende ihrer Beziehung zu vergessen und im Alkohol zu ertränken. Zuerst trank er nur viel Bier, später Wodka und zwar immer gleich aus einem Wasserglas. Das betäubte zwar die Sinne, doch es machte ihn noch unglücklicher.

„Weißt du, ich bin so richtig abgestürzt, ins Bodenlose gefallen. Vermutlich wäre ich komplett im Alkohol versumpft, wenn mich nicht mein Chef aus diesem Abgrund herausgezogen hätte. Ihm verdanke ich, dass ich weder meine Arbeit noch meinen Verstand verloren habe."

Ich kann Menschen, die sich selbst zerstören, nicht verstehen.

Trotzdem trafen wir uns von da an regelmäßig, meist an den Wochenenden. Mark organisierte unsere Treffen wie Geschäftstermine, legte Ort und Zeit fest. Mir war das ganz angenehm, weil ich meine Freizeit meist daheim vertrödelte, wenn ich nicht mit meinen Freunden irgendwo feierte.

Bei keinem Wiedersehen fielen wir uns um den Hals oder küssten uns selbstvergessen in der Öffentlichkeit. Ich brauche das ganze Gedöns nicht.

Mark wollte keine enge Beziehung. Er mochte zwar den Sex und den am liebsten täglich, doch er wollte keine gemeinsame Wohnung und störte sich nicht daran, dass ich gern ohne ihn mit meinen Freunden ausging.

Persönliche Freiheit war uns beiden wichtig. Natürlich ist uns klar, dass Freiheit vor allem

Verantwortung bedeutet und man trotzdem nicht machen kann, was man will.

*****

Melanie sagte, dass Schützen wie Moritz auch in einer Beziehung die Freiheit immer wichtig ist. Schon wieder denke ich an Moritz und seine sanften dunklen Augen. Dieser Mann schwirrt ständig in meinem Kopf herum. Dabei ist es völlig sinnlos, an ihn zu denken, denn ich kenne nicht einmal seinen Nachnamen und schon gar nicht seine Adresse. Ich weiß nur, dass er gut sechshundert Kilometer entfernt im Ausland lebt und vom Sternzeichen Schütze ist. Das ist wenig, eigentlich gar nichts.

Schütze. Vielleicht lässt sich damit etwas anfangen. Ich greife nach dem Tablet, das neben meinem Bett liegt, gebe Sternzeichen Schütze ein und lese: extrovertiert, optimistisch, mitreißend, aufgeschlossen. Das klingt tatsächlich interessant und passt perfekt zu mir.

Passt zu mir? Und wenn schon! Moritz wohnt weit weg und ist vielleicht gar nicht so nett wie er aussieht. Außerdem habe ich bereits einen Freund.

Ich lese weiter und entdecke sein Tageshoroskop: „Der Neumond gibt den Anstoß, den Plan endlich umzusetzen: Rufen Sie eine entfernte

Freundin an!"

Solch ein albernes Tageshoroskop passt auf jedes Sternzeichen, denn jeder hat irgendeinen Plan und jeder ruft jeden Tag eine Freundin an.

In diesem Moment klingelt das Telefon.

„Bianka?", fragt eine angenehm tiefe Stimme. „Störe ich?"

Zuerst wüsste ich gern, *wer* überhaupt stört. Der, an den ich gerade denke, kann es schließlich nicht sein.

„Wer spricht da überhaupt?"

„Moritz. Dein Retter aus dem Abgrund."

Moritz! Sofort schießt mir das Blut in den Kopf und ich fange an zu schwitzen. Zum Glück sieht er das nicht. Vor allem nicht, dass ich ungekämmt im Jogging hier sitze.

„Woher hast du meine Nummer?"

Was rede ich für einen Blödsinn? Es ist doch völlig egal, woher er meine Nummer hat. Hauptsache, er hat sie und vor allem, dass er sie benutzt und mich anruft.

„Wie geht es deinem Fuß? Kannst du ihn schon wieder belasten?"

Fuß. Stimmt, mein Fuß war gebrochen. Darauf kann ich antworten, ohne mich um Kopf und Kragen zu stottern

„Es geht so. Sport geht noch nicht, aber ich humple schon munter durch meine Wohnung", erzähle ich lachend. „Leider hänge ich hier drinnen fest, denn ausgehen kann ich noch nicht, zumal hier viel Schnee liegt. Ich habe so ein blödes Gestell am Bein, das in keine Hose und in keinen Stiefel passt. Also muss ich wohl oder übel in der Bude bleiben."

Ich erzähle ihm von der Treppe, verkneife mir aber das Malheur, als ich nicht rechtzeitig ins Bad hinaufsteigen konnte. Mir fällt auf, dass er gar nichts sagt, während ich ihn pausenlos zutexte. Bestürzt beiße ich mir auf die Unterlippe. Er wird mich für eine unangenehme Quasselstrippe halten.

„Wenn du nicht raus kannst, komme ich zu dir rein!"

Spinnt der?

„Nein!", schreie ich.

„Gut. Nein, ein Nein ist nicht gut. Ich melde mich."

Er hat aufgelegt. Einfach so. Warum hat er überhaupt angerufen, wenn er gar nicht mit mir spricht?

Ich bin so blöd! Er hat gesagt, dass er zu mir kommt und ich dumme Nuss habe Nein gebrüllt und damit alles gründlich vermasselt. So ein Mist! Doch er wird wieder anrufen. Zumindest sagte er, dass er sich meldet. Hoffentlich glaubt er nicht, dass ich ihn gar nicht sehen will. Ich will ihn sehen! Unbedingt! Nur nicht so ungekämmt.

Was mache ich jetzt? Ich muss etwas tun! Aber was? Ich schaue auf mein Display, doch den Rückruf-Knopf drücke ich nicht. Das wirkt aufdringlich. Ich speichere seine Nummer.

An Schlaf ist nicht zu denken. Ich bin putzmunter und könnte Bäume ausreißen. Natürlich könnte ich das nicht, selbst dann nicht, wenn meine Schulter, der Fuß und die Hand in Ordnung wären. Was es doch für unsinnige Sprüche gibt!

Etwas gereizt greife ich wieder zur Bibel, schlage sie auf und lese: „Seid niemandem etwas schuldig, außer dass ihr euch untereinander liebt; denn wer den andern liebt, der hat das Gesetz erfüllt."

Welches Gesetz denn? Normalerweise forsche ich sofort im Internet nach, wenn ich Klarheit brauche. Eigentlich brauche ich immer Klarheit. Doch jetzt habe ich keine Lust dazu. Im Grunde sind mir Gesetze ohnehin eher gleichgültig.

Klar ist, dass ich Mark liebe. Er ist seit vier Jahren mein Freund. Wir wohnen zwar nicht zusammen, doch das ist auch nicht nötig. Wir können uns aufeinander verlassen, was immer noch das Wichtigste in jeder Beziehung ist.

Doch warum geht mir Moritz nicht aus dem Kopf? Mir ist direkt schummrig zumute, wenn ich an ihn denke und ständig muss ich lächeln dabei. Ich möchte wissen, was er gerade macht, wie es ihm geht und wünsche mir seine Nähe. Natürlich liebe ihn nicht, so viel steht fest. Schließlich kenne ich ihn überhaupt nicht. Man kann niemanden lieben, den man gar nicht kennt. Allerdings hat mir Melanie ausführlich erklärt, dass ich besser zu Moritz als zu Mark passe. Von den Sternzeichen her. Melanie kennt Mark nicht und ich kenne Moritz nicht. Doch ich möchte ihn liebend gern kennenlernen. Liebend gern?

Melanie schwört auf Sternzeichen, ich nicht. Trotzdem denke ich ständig darüber nach. Ich muss komplett verrückt sein! Ich will nicht mehr nachdenken. Ich will in Ruhe schlafen.

Ich will, dass Moritz endlich anruft!

*****

Ich schlafe unruhig und bilde mir ständig ein, das Telefon klingeln zu hören. Jedes Mal schrecke ich hoch. Und alles nur, um festzustellen, dass niemand angerufen hat. Mein Handy liegt direkt vor meinem Bett und zeigt keine Anrufe an. So langsam benehme ich mich albern wie eine dumme Gans. Das passt nicht zu mir.

Sternzeichen ernst zu nehmen passt ebenfalls nicht zu mir und schon gar nicht das Lesen in der Bibel. Trotzdem schlage ich sie auf und kichere darüber, dass ich ebenso wie Elisabeth jeden Tag einen Satz daraus lese und obendrein darüber nachdenke.

„Denn wer das Leben lieben und gute Tage sehen will, der hüte seine Zunge, dass sie nichts Böses rede, und seine Lippen, dass sie nicht betrügen."

Sofort denke ich an gestern Abend, als Mark bei mir schlafen wollte. Ich sagte ihm, dass mein Bein weh tut und ich Platz im Bett brauche. Das war gelogen, denn ich wollte ihn nicht in meinem Bett haben, weil ich immer nur an Moritz denke. Das ist der wahre Grund und mir genau jetzt klar geworden.

Trotzdem passt dieser Bibelspruch nicht, denn ich habe nichts Böses geredet und auch nicht betrogen. Ich wollte, dass Mark geht und habe ihm das deutlich gesagt. Ich habe ihm nur nicht die Wahrheit gesagt, *warum* er gehen soll.

Andererseits ist es völlig harmlos, an Moritz zu denken. Leider. Mehr als an ihn zu denken geht ohnehin nicht. Und das durch meine eigene Schuld. Er hat zwar gesagt, dass er sich wieder meldet, doch bis jetzt warte ich vergebens darauf. Ich warte wirklich. Ich mache nichts anderes, als auf seinen Anruf zu warten und schleppe das Telefon überall mit hin, sogar ins Bad. Vom Anruf werde ich Mark nichts erzählen. Das ist auch nicht nötig. Wer weiß, welchen Unsinn er sich dann zusammenreimt. Ich will ihn nicht belügen, doch in diesem Fall ist es besser, nicht darüber zu sprechen.

Nein, ich muss mir keine Vorwürfe machen. Der Spruch aus der Bibel bestätigt nur, dass alles passt. Denn ich liebe das Leben und will gute Tage sehen. Ich rede nichts Böses und betrüge auch nicht.

Ich habe nur die ganze Nacht auf diesen Anruf gewartet und hoffe inständig, dass Mark nicht hier ist, wenn Moritz endlich anruft.

*****

Morgens mache ich immer einige Übungen im Bett, um meinen Kreislauf in Bewegung zu bringen. Mein niedriger Blutdruck lässt mich sonst taumeln beim Aufstehen. Jetzt klappt das alles nicht. Ich lasse nur das rechte Bein, die rechte Hand und den Arm ein wenig kreisen. Trotzdem bringt mich das derart ins Schwitzen, als hätte ich eine Stunde Aufwärmtraining betrieben.

Ich stehe im Bad und sehne mich nach einer Dusche, obwohl ich keine Dusche habe. Ich wollte unbedingt eine Wanne, weil ich so gern in einem Schaumbad liege bei Kerzenlicht und einem Glas Wein in der Hand. Doch daran ist jetzt nicht zu denken. Ich käme nicht hinein in die Wanne und würde außerdem meine Verbände nass machen. Mir ist zum Heulen zumute.

Plötzlich höre ich Geräusche aus meiner Wohnküche. Es klingt, als durchsuche jemand die Schränke. Ich habe keine Wertsachen, aber ich habe Angst vor dem Fremden in meiner Wohnung, zumal ich im Moment völlig wehrlos bin. Leise humple ich zur Treppe, kann aber unten nichts erkennen. Doch das Klappern höre ich deutlich. Ich schleiche hinüber zum Bett, wo mein Handy liegt und überlege, ob man die 110 oder 112 wählen muss, um einen Einbrecher zu melden. In diesem Moment knarrt es. Es ist die dritte Treppenstufe, die immer knarrt, wenn man sie betritt. Jemand kommt die Treppe hoch und macht sich nicht einmal die Mühe, leise zu sein. Der Einbrecher weiß also, dass ich verletzt und somit hilflos bin. Hektisch drücke ich die 112. In diesem Moment erkenne ich Marks Kopf! Mark. Erleichtert breche ich ab und werfe das Handy aufs Bett.

„Du hast mich erschreckt!", schimpfe ich. „Wie bist du überhaupt hereingekommen?"

„Durch die Tür."

Diese dumme Antwort macht mich wütend und ich wende meinen Kopf zur Seite, als er mich küssen will.

„Ich habe deinen Schlüssel eingesteckt, Maus, weil ich nicht wollte, dass du die Treppe allein runterkommst, wenn ich klingle."

Jetzt gefällt mir seine Fürsorge. Doch dass er meinen Schlüssel hat, gefällt mir nicht.

Mark hat Frühstück dabei. Kaffee! Und ein Marmeladenhörnchen. Das ist genau das, was ich jetzt brauche.

„Ich muss gleich los. Um 10 Uhr öffnet der Laden und ich muss noch durch die halbe Stadt."

Ich nehme einen Schluck Kaffee und beiße genussvoll in das Hörnchen. Noch nie hat mir ein Kaffee so wunderbar gut geschmeckt wie jetzt. Zufrieden drehe ich mich zur Seite, um bequemer sitzen zu können.

Auf einmal wird mein Po nass. Habe ich etwa schon wieder in die Hose gemacht? Ins Bett? Erschrocken schlage ich die Decke zurück und schaue nach. Der braune Fleck ist direkt an meinem Schenkel. Außen. Du liebe Güte! Ich habe die Kaffeetasse umgestoßen! Mein Kopfkissen ist nass und auch das Laken. Das hat mir gerade noch gefehlt.

Sofort fange ich an zu heulen. Dabei ändern meine Tränen nichts am Dilemma. Ich muss das saubermachen. Das Aufstehen klappt nicht, weil das Bett viel zu niedrig ist. Doch ein höheres passt nicht unter die Dachschräge, die fast bis auf den Boden reicht. Zwei Mal falle ich zurück, stoße mir den Kopf an der Dachschräge und stütze mich versehentlich mit der kranken Hand ab. Es tut höllisch weh.

Ich humple ins Bad und mache ein Handtuch nass. Damit rubble ich das Kissen ein wenig sauber und auch das Laken. Eigentlich müsste ich das ganze Bett neu beziehen, doch das schaffe ich nicht. Wütend werfe ich das Handtuch in die Ecke und schreie auf dabei, weil ich meine Schulter ganz vergessen hatte.

Das Bett ist nass. Ich könnte ein frisches Handtuch darüber legen, aber ich kann mich nicht dazu aufraffen. Es reicht, das Kopfkissen einfach umzudrehen. Doch noch einmal ins Bett legen bringt nichts.

Schließlich finde ich einen Weg, die Treppe zu bewältigen: Ich setze mich auf die oberste Stufe und rutsche Stufe für Stufe nach unten. Dabei muss ich meinen Fuß nicht belasten, nur etwas den rechten Arm. Die Schulter merke ich natürlich, während ich mich kurz aufstütze, doch das ist auszuhalten. Nach oben werde ich es ebenso machen, nur umgekehrt.

Kurz vor 19 Uhr ist Mark wieder da. Er hat eingekauft: Pizza, Wein, ein Päckchen Nudeln, frische Tomaten, Schinken und Käse. Sogar an Obst hat er gedacht, aber nicht an Schokolade.

Ich bin süchtig nach Schokolade. Außerdem ist erwiesen, dass sie glücklich macht. Am liebsten mag mag ich Nugat.

Die Pizza ist noch warm. Sofort merke ich, dass ich hungrig bin und lächle Mark dankbar an.

Nach dem Essen wäscht er das Geschirr ab. Das ist typisch Mark. Bei ihm muss alles seine Ordnung haben. Ich bin nicht so pingelig und verbrauche nie so furchtbar viel Geschirr wie er. Eine Pizza oder Semmel muss nicht auf einem Teller liegen und einen Schluck Wasser kann ich gleich aus der Flasche nehmen. Ich trinke nicht so viel, damit ich nicht ständig die Treppen hoch und runter rutschen muss.

„Du sollst hier nicht herumputzen! Ich will das nicht und das weißt du auch."

„Ich weiß", bestätigt Mark. „Doch jetzt bist du krank und sollst dich schonen."

Schonen. Auch wenn ich nicht krank bin, spült er sofort jeden Teller sauber und macht mich wahnsinnig damit. Jetzt soll ich ihm auch noch dankbar sein dafür?

„Soll ich Dir dir einen Kaffee kochen oder lieber Kakao?"

„Nein!", fauche ich. „Das kann ich allein." Dann setze ich freundlich hinzu. „Sei so lieb und öffne mir eine Flasche Rotwein. Ich möchte sie später oben im Bett trinken."

Ich sehe, dass er zwei Gläser aus dem Schrank

nimmt und sage schnell: „Allein."

Überrascht schaut mich Mark an.

„Ich habe Kopfweh", erkläre ich.

Das ist gelogen und ich hoffe, dass er mir diese Lüge nicht ansieht.

Er zeigt auf den Wein und sagt: „Bei Kopfweh solltest du keinen Rotwein trinken!"

Wieder so eine Belehrung, die ich mit einem kurzen Schulterzucken quittiere. Wortlos steigt er die Treppen hinauf und ich höre, wie er die Flasche auf dem Nachtkasten abstellt.

„Nach oben soll ich dir sicher auch nicht helfen, oder? Das kannst du sicher auch allein. Richtig?"

Ich nicke und sage: „Ich muss das üben, trainieren."

„Verstehe. Und den Schlüssel willst du vermutlich wiederhaben."

„Nein, mir ist es lieber, wenn du ihn behältst. Vorerst."

Mark geht, ohne mich zum Abschied zu küssen.

Ich habe vergessen, ihm von dem Malheur am Morgen zu erzählen, als ich den Kaffee in mein Bett kippte. Jetzt muss ich nach oben robben und im schmutzigen Bett schlafen.

Oben angekommen bedaure ich, nicht an die Sofadecke gedacht zu haben. Mühevoll krame ich ein Badetuch aus dem Schrank und breite es über dem Laken aus.

Die Bettdecke ist an einer Stelle steif. Ich hatte nicht bemerkt, dass dort ebenfalls Kaffee hingelaufen ist. Meine Hose sieht auch nicht besser aus. Es dauert eine Weile, bis ich sie ausgezogen und noch länger, bis ich den Fleck ausgewaschen und die Hose über eine offene Schranktür gehangen habe. Hoffentlich trocknet sie schnell. Ich brauche sie morgen.

Thomas

Ich liege im Bett und schaue nach oben. Direkt über mir ist das Dachfenster. Bevor ich hier einzog, stellte ich mir vor, vor dem Einschlafen die Sterne zu beobachten. Doch dazu ist es nie gekommen, denn ich lese immer im Bett und zwar so lange, bis mir die Augen zufallen.

Ich wusste damals nicht, dass es im Sommer unter dem Dach unerträglich heiß ist – gleichgültig, ob ich die Fenster öffne oder geschlossen halte.

Es heißt, dass das Geräusch von Regen auf der Fensterscheibe beruhigt. Mich nervt es und zwar gewaltig. Noch weniger gefällt mir, wenn der Wind bedrohlich heult. Am schlimmsten sind die Stürme im Frühjahr, die derart heftig am Dach und den Fenstern rütteln, dass ich fürchte, alles bricht über mir zusammen – vor allem, wenn es stockdunkel draußen ist und ich nur hin und wieder ein helles Loch im Himmel sehe, an dem die Wolken rasend schnell vorbei jagen. Manchmal kracht etwas aufs Dach oder auf die Fensterscheibe, ein Zweig oder vielleicht ein Vogel.

Seit meinem furchtbaren Absturz in den Abgrund bin ich ohnehin recht schreckhaft.

Jetzt liegt eine dicke Schneedecke auf der Scheibe, was mir ebenfalls nicht gefällt. Ich will hinausschauen können, Leute vorübergehen und Autos vorbeifahren sehen, mich mitten im Geschehen fühlen. Hier oben sehe ich bestenfalls Wolken vorüberziehen – nicht mehr und nicht weniger. Das genügt mir nicht. Wo hatte ich nur meine Gedanken, als ich hier einzog?

Etwas unwillig blättere ich in der Bibel und lese: „Durch Gottes Gnade bin ich, was ich bin."

Was ich bin bedeutet, ich wäre ein Ding, eine Sache. Vermutlich bin ich *wie* ich bin oder *wer.* Doch ich entstand nicht durch Gottes Gnade, sondern verdanke es allein meinen Eltern. Mutter lenkte mich mit ihren strengen Regeln und Vater durch seine harte Hand. Er hat niemals Gnade walten lassen. Gnädig waren maximal meine Lehrer, wenn sie mich Jahr für Jahr in die nächsthöhere Klasse rutschen ließen. Sie wussten, dass ich nicht dumm bin – nur ein klein wenig faul.

Vater schlug mich für jede schlechte Zensur und verlangte ständig Einsatz und Fleiß. Fleiß ist auch Marks Lieblingswort. Er ist der Meinung, ich sollte mich mehr bemühen, um etwas im Leben zu erreichen. Doch ich will gar nicht mehr erreichen. Mir ist das genug, was ich habe. Mark sagt, jeder brauche ein Ziel im Leben. Ich brauche das nicht. Mir reicht es, das Leben zu genießen. Einem Ziel, einem Erfolg nachzujagen ist mir noch niemals eingefallen. Und schon gar nicht, irgend etwas besser zu machen als andere. Meine Arbeit macht mir Freude, doch das bin nicht ich, das ist nur eine Tätigkeit, die ich ausübe, um Geld für mein Leben zu haben.

Seit einem halben Jahr arbeite ich in einer Eventagentur. Wir organisieren Feste für Firmen und Familien, kümmern uns um das Essen, das Personal, organisieren Musik, Fotografen und Künstler und vermieten passende Räume. Mir gefällt diese abwechslungsreiche Tätigkeit sehr, doch sie ist nichts für die Ewigkeit. Und schon gar nichts für jemanden, der nicht laufen und nicht zupacken kann wie ich im Moment.

Erst in acht Wochen soll der Belastungsaufbau für meinen Fuß beginnen. Ich weiß nicht, was ich in dieser endlos langen Zeit anfangen soll. Ich bin an meine Wohnung gefesselt und habe als einzigen Sport diese blöde Wendeltreppe.

Mir ist langweilig! Kotzlangweilig! Und schon heule ich wieder. In meinem gesamten Leben habe ich nicht halb so viele Tränen vergossen wie während der letzten drei Wochen. Ich verstehe das nicht, denn eigentlich geht es mir gut. Selbst die Schmerzen sind erträglich. Ich habe wirklich keinen Grund, ständig in Tränen auszubrechen.

Ziemlich frustriert greife ich schon wieder zur Bibel und lese: „Alles, was ihr tut, das tut von Herzen als dem Herrn und nicht den Menschen, denn ihr wisst, dass ihr von dem Herrn als Lohn das Erbe empfangen werdet."

Natürlich tue ich alles, was ich tue, von Herzen. Lieblose Arbeit bringt nichts. Doch ich mache es für mich und für die Menschen in meinem unmittelbaren Umfeld und nicht für Gott. Ich glaube auch nicht, dass es gut wäre, wenn man alles, was man tut, nur für Gottes Lohn tut. Meinen Lohn bekomme ich von der Agentur, in der ich arbeite. Mir ist auch nicht klar, welches Erbe gemeint ist.

Verärgert über diesen dummen Spruch klappe ich das Buch zu und an anderer Stelle wieder auf.

Ich lese: „Da merkte ich, dass es nichts Besseres gibt als fröhlich sein und sich gütlich tun in seinem Leben."

Das klingt doch schon ganz anders und passt viel besser zu mir, stelle ich kichernd fest. Dieser Spruch scheint außerdem direkt wie für meinen Bruder gemacht, denn Thomas ist ein sogenannter Lebenskünstler. Vater schimpfte ihn Dünnbrettbohrer, weil ein Dünnbrettbohrer immer den geringsten Weg des Widerstandes geht, was alles andere als schmeichelhaft ist. Doch Thomas fühlte sich geschmeichelt. Für ihn ist es ein Zeichen von Intelligenz, niemals mehr zu tun als zwingend notwendig. So schont er seine Kräfte, spart viel Energie und erreicht dabei erstaunlich viel, weil er seine Zeit zum Nachdenken nutzt und deshalb Wichtiges von Unwichtigem unterscheiden kann.

Thomas wechselt ziemlich häufig seine Arbeitsstellen. Er hat schon in einer Tankstelle gearbeitet und in einem Sportstudio, fuhr Autoteile aus, verkaufte Computer und was weiß ich nicht alles. Ihm ist niemals langweilig und er hat unglaublich viele Kontakte. Sogar meinen Job habe ich durch seine Vermittlung. Thomas wollte nicht dort arbeiten. Er will keine Feste organisieren, er will die Feste feiern.

Er sagte mal: „Manche sind Lehrer oder Polizist

oder Tischler. Ich dagegen bin immer ich, gleichgültig, welcher Tätigkeit ich im Moment nachgehe oder ob ich überhaupt nichts mache. Ich mache nie etwas, um mir in den Augen anderer einen Wert zu geben."

Diese Worte haben mich damals sehr beeindruckt, weshalb ich seitdem erst nachdenke, ob ich das wirklich will, was ich mache und mir die Kleidung wirklich gefällt, die ich trage.

Ich bewundere Thomas sehr, doch im Moment weiß ich gar nicht, wie es ihm geht. Weil er immer so gut gelaunt wirkt, merkte ich nicht, dass er böse abgestürzt war. Nicht wie ich in eine Schlucht, aus der man herausgeholt werden kann. Sein Absturz passierte in seinem Kopf.

*****

Als er mir vor drei Monaten fröhlich wie immer die Tür öffnete, traf mich fast der Schlag. Der ganze Flur war zugestellt mit leeren Flaschen und Plastiktüten voller Müll. Dazwischen lagen Kleidungsstücke. Thomas schob mit den Füßen einen Weg für meine Füße frei.

„Komm rein!", sagte er freundlich.

Ihm schien der ganze Müll überhaupt nicht peinlich zu sein.

„Räumst du um?", fragte ich ziemlich irritiert.

„Wieso?"

Ich zeigte auf das Durcheinander auf dem Boden, doch er zuckte nur mit der Schulter. Die Tür zur Küche war ausgehangen und stand im Vorsaal gegen die Wand gelehnt, weshalb ich im Vorbeigehen auf dem Küchenboden noch mehr Mülltüten und Flaschen sehen konnte.

Er drückte mir eine Flasche Bier in die Hand und wies auf einen Stuhl, von dem er einige Sachen herunternahm und achtlos zur Seite warf. Ein Hemd fiel auf den Boden, eine Hose blieb auf einem Bücherstapel liegen. Überall in der Stube standen aufgeschichtet Bücher und stapelweise Zeitungen und Zeitschriften.

Ich bin ebenfalls nicht besonders ordentlich. Ein paar Sachen liegen immer irgendwo herum, wo sie nicht hingehören. Doch so viel Unordnung und Müll in einer einzigen kleinen Wohnung hatte ich im ganzen Leben noch nicht gesehen.

„Willst du das alles entsorgen?", fragte ich.

„Auf keinen Fall!", rief er aus. „Ich muss das noch durchsehen."

„Durchsehen? Wofür?"

„Weißt du nicht, dass ich Journalist bin?"

Ich schüttelte den Kopf.

„Ich schreibe Kolumnen für das Wochenblatt und für einen politischen Blog." Er wies mit der Hand um sich. „Hier finde ich meine Ideen."

Das erklärte zumindest die vielen Stapel Bücher und Zeitungen, obwohl ich mir nicht vorstellen konnte, bei diesem Durcheinander einen Überblick zu haben.

„Und warum hast du so viel Müll und Flaschen in der Wohnung?", wollte ich wissen.

„Ach, die paar Sachen räume ich dann schnell weg", versprach er und machte eine wegwerfende Handbewegung.

Nachdem, was ich gesehen hatte, würden wir zu zweit gut drei Stunden brauchen, um alles hinaus in die Abfallbehälter zu tragen.

„Wirfst du die Kleider ebenfalls fort?"

Ich zeigte mit der Hand auf die Hemden und Hosen, die im Raum verstreut lagen.

„Wie kommst du darauf?"

„Du bist eine Schlampe, wenn du so mit deinen Klamotten umgehst!", fuhr ich ihn an.

Thomas sah immer sauber und wie aus dem Ei gepellt aus: gut gekleidet, ordentlich gekämmt. Ich verstand nicht, wie er das bei diesem Durcheinander schaffte und vor allem, dass ihn der viele Unrat ringsum nicht störte.

„Dann bin ich eben eine Schlampe", sagte er vergnügt. „Wen stört´s?"

„Mich stört es. Dich etwa nicht?"

„Wenn es dich stört, kannst du gleich wieder gehen. Das ist meine Bude und hier lebe ich wie ich will", fauchte er.

Gleich darauf lachte er, umarmte mich und nannte mich Schwesterherz.

Ich konnte nicht mitlachen. So wollte ich nicht leben und Thomas sollte es ebenfalls nicht.

Doch ich sagte schnell: „Gut, ich gehe, aber du kommst mit! Ich lade dich zum Essen beim Griechen ein."

Es wurde noch ein lustiger Abend, da Thomas voller Geschichten steckt, die er zu meiner Freude mit verstellten Stimmen und ausholenden Gesten erzählt.

Daheim schaute ich sofort im Internet nach und fand heraus, dass derart vermüllte Wohnungen zu einem Messie gehören. Diese Leute sammeln Dinge, die eigentlich wertlos sind, und können sich nicht von ihnen trennen. Sie beginnen ein Projekt und beenden es nicht. So gibt es immer mehr unerledigte Dinge und der Zustand verschlechtert sich.

Als Ursache wurde fehlende Zuneigung oder Bestätigung genannt oder ein Trauma wie fehlgelaufene Trauerarbeit oder eine Anpassungsstörung.

Angepasst war Thomas noch nie, doch seine Eigenwilligkeit hat nichts mit einer Anpassungsstörung zu tun. Fehlende Zuneigung konnte ich nicht wirklich beurteilen, doch nach Bestätigung hechelte er nicht. Im Grunde blieb nur ein

Trauertrauma übrig.

Thomas hing sehr an unserem Vater, doch er besuchte ihn nie im Krankenhaus. Damals beschimpfte ich ihn als herzlos. Er antwortete, dass er es nicht ertrug, seinen stets unerbittlich strengen und starken Vater schwach und hilflos auf dem Sterbebett zu sehen. Später tat es ihm leid, sich von Vater nicht verabschiedet zu haben. Das könne er nun niemals mehr nachholen oder wiedergutmachen.

Mir leuchtete es nicht ein, dass er deshalb zum Messie wurde und ich wollte mehr über diesen seltsamen sozialen Absturz wissen. Deshalb besuchte ich ein Internet-Forum für Angehörige von Messies und las die letzten Beiträge. Schließlich erzählte ich öffentlich von meinem Bruder und erhielt viele Ratschläge von Hilfe beim Aufräumen bis zum völligen Ignorieren und Bruch der Beziehung. Eine Ärztin schrieb, ich solle mich viel mit Thomas unterhalten über Gott und die Welt und über alles, was ihn interessiert. Das habe ich getan, obwohl ich eigentlich nicht daran glaubte, dass Reden hilft.

Wir trafen uns mindestens einmal pro Woche und quatschten. So kamen wir auch auf Vaters Tod zu sprechen. Und da brach es plötzlich aus ihm heraus: all die ungesagten Worte, nie vergessener Streit, Sehnsucht nach Vaters Ratschlägen und unterdrückter Hass, der nun in unendliche Trauer umschlug.

Ich überlegte, wie ich ihn trösten könnte und erzählte: „Mutter sagt, dass der Tod bei Vater ein großer Heiler war."

Empört schaute mich Thomas an und fauchte: „Sie war wohl froh, ihn loszusein."

Ich schüttelte den Kopf.

„Sie meinte, dass Vater keine Freude mehr am Leben hatte und nur noch unzufrieden war. Das habe ihn krank gemacht, seelisch und körperlich geschwächt und regelrecht zerstört. So konnte er nicht leben. Also war der Tod sein Heiler."

Wirklich nachvollziehen kann ich seine starke Trauer nicht, denn Vater ging keineswegs liebevoll mit uns um. Ich kann mich an kein einziges Lob aus seinem Mund erinnern. Ständig hatte er etwas zu kritisieren und bestrafte Widerworte sofort mit einem kräftigen Schlag ins Gesicht.

Wir sind ihm jeden einzelnen Tag unserer Kindheit aus dem Weg gegangen. Weil Vater nicht ertrug, wenn wir draußen „sinnlos" herumrannten, meldete er uns im Schwimm-Club an. Ich ging zum Schwimmen, Thomas spielte Wasserball und ruderte außerdem in einem Verein. So konnten wir beim Training unsere Wut und Ohnmacht herauslassen.

Ich glaube heute, dass Vaters unerbittliche Strenge uns nicht niedergedrückt, sondern eher gestärkt hat. Und vermutlich ist sogar unsere Liederlichkeit noch immer ein spätes Rebellieren gegen Vaters strenge Zucht und Ordnung.

„Du hast Vater immer gehasst", warf Thomas mir vor.

„Das stimmt nicht. Warum sollte ich ihn hassen?" Solch ein starkes Gefühl ist er mir nicht wert, dachte ich. Laut sagte ich: „Ich habe noch niemals jemanden gehasst."

Ich weiß nicht, ob Thomas das Messiesyndrom überwunden hat, denn in seiner Wohnung war ich seit damals nicht wieder. Im Moment geht das sowieso nicht mit meinem Humpelbein.

*****

Die Schulter heilt, auch wenn Bewegungen nach wie vor schmerzen. Ich soll meine Arme trotzdem bewegen, um Muskelabbau zu verhindern. Bei der Hand sprach der Arzt von sechs Wochen Ruhigstellung. Zum Glück betrifft es die linke Hand. Mit der rechten kann ich ein wenig auf dem Laptop tippen. Das Ankleiden ist im Moment besonders schwierig, weil mir rechts die Schulter und links die Hand Schmerzen bereiten. Doch da muss ich durch.

Hier daheim stört es niemanden, wenn ich den ganzen Tag in der scheußlichen Jogginghose herumlaufe und sogar in der Nacht darin schlafe. Ab und zu weckt mich ein Schmerz, wenn ich falsch liege oder mich auf die andere Seite drehen will. Oder mein linker Fuß ist kalt.

Thomas und Vater versuchen, mich anzukleiden. Sie schaffen es nicht, weil Thomas ständig lacht und Vater derbe Befehle schreit. Um meinen linken Fuß warm zu halten, zerschneiden sie eine Socke, wickeln sie um meine Zehen und halten das Ganze mit irrsinnig viel Klebeband zusammen. Ich schaue verzweifelt auf mein dick verklebtes Bein und weine.
Vater treibt mich und Thomas wie Vieh in den Wald. Doch ich kann nicht so schnell laufen mit dem umwickelten Fuß. Ich rufe laut: „Wartet auf mich!" Doch sie hören mich nicht.
Plötzlich stürze ich. Ich stürze immer tiefer und tiefer und schreie, aber aus meinem Mund kommt kein Ton. Mein Kopf schlägt gegen einen Felsbrocken und ich werde komplett vom Schnee verschüttet. Alles um mich herum ist weiß. Dann wird es dunkel.

Schweißgebadet und völlig verstört wache ich auf und brauche eine Weile, um zu begreifen, dass ich in meinem Bett liege und nur geträumt habe, dass mir nichts passiert ist und es mir gut geht. Mein Kopf liegt auf der Bibel, die eine tiefe Furche in meine Wange gedrückt hat.

Doch ich mag jetzt nicht in ihr lesen. Ich überlege, ob der seltsame Traum mir etwas sagen will oder überhaupt keine Bedeutung hat.

Vater

Der Traum erinnert mich an Vater. Ich habe ihn nie wirklich gemocht. Man konnte nicht mit ihm reden und schon gar nicht diskutieren. Wenn ich ihm etwas mitteilen wollte, musste ich die wichtigste Information in den Satzanfang quetschen, da er die Angewohnheit hatte, sofort in meine Rede zu grätschen und mir einen Vortrag zu halten. Ich wusste nie, ob meine Information ankam, ob sie ihn überhaupt interessierte und gab schließlich auf, ihm etwas sagen zu wollen. Er fragte: „*Wer* hat das gesagt?" Dabei kannte er meine Freunde und Lehrer überhaupt nicht. Für ihn zählten ohnehin nur Ergebnisse: meine Zensuren. Ich kann mich an kein einziges Lob aus seinem Mund erinnern und schon gar nicht an eine zärtliche Geste. Er war nicht einmal freundlich, sondern stets übertrieben kritisch. Nichts, was ich tat, war ihm gut genug.

Vaters Wort war Gesetz, das man widerspruchslos hinzunehmen hatte. Das habe ich nie geschafft und für jede Widerrede schmerzhafte Ohrfeigen gefangen.

Thomas war klüger. Er wollte nichts ausdiskutieren, nichts richtigstellen, nichts klären. Er widersprach nie, winkte nur ab und machte dann doch, was er wollte. Ich glaube, er nahm Vater überhaupt nicht ernst, während mich jedes seiner Worte kränkte und lange beschäftigte.

Zum Glück habe ich die Worte, die er damals sagte, längst vergessen. Nur nicht diese ungute Stimmung und auch nicht das bedrückende Gefühl, das ich damals hatte.

Wenn ich mich an meine Zeit als Kind erinnere, sehe ich mich wie von außen, als würde ich mich wie ein Fremder beobachten. Das finde ich seltsam.

Seltsam fand ich auch Vaters Überheblichkeit gegenüber Mädchen und Frauen. Deshalb ertrage ich auch sein Foto nicht, das Mutter so auffällig auf der Kommode präsentiert. Ich mag ihn nicht einmal jetzt nach seinem Tod sehen. Außerdem stört das Bild mein Gefühl zu Mutter. Jedenfalls sagte er, für mich als Mädchen käme ein Studium nicht in Frage. Wo leben wir denn? Ich antwortete, dass ich gar nicht studieren will, sondern arbeiten und Geld verdienen, um endlich nicht mehr unter seiner Fuchtel stehen zu müssen. Natürlich gab es dafür einen Schlag ins Gesicht und viele Tage harte Kritik an meiner Undankbarkeit.

In Wirklichkeit war mein Abitur derart grottenschlecht, dass ich keinen Studienplatz bekommen konnte, was ich plötzlich sehr bedauerte.

Mutter half mir mit mit einem Rat, der bis heute in meinem Kopf haften geblieben ist: „Wenn du musst, wenn du wirklich musst, kannst du alles. Du glaubst nicht, wie schnell du über dich hinauswächst." Doch meist sagte sie nur: „Das musst du selber wissen und ganz allein die Konsequenzen tragen."

Vater wollte, dass ich Verkäuferin lerne, hübsch genug dafür sei ich wenigstens. Doch das wollte ich nicht. Ich wollte Vater trotzen und hatte keine Lust darauf, hübsch zu sein und freundlich lächelnd in einem Laden herumzustehen.

Ich lernte Buchbinder. Da hatte man mit Maschinen zu tun und konnte sich dreckig machen. Und man musste seinen Kopf gebrauchen, die Maße genau berechnen, den richtigen Umschlag wählen. Am meisten Spaß machten mir Einzelanfertigungen für die Bibliothek der Universität und das Stadtarchiv.

*****

Vater hatte Messtechnik studiert. Knapp zehn Jahre nach der Wende musste das VEB-Werk, in dem er arbeitete, schließen. Danach verkaufte er Plotter und das gesamte Zubehör wie Stifte in unglaublich vielen Farben und Stärken. Die Geräte waren ziemlich teuer und offenbar in der damaligen DDR nicht weit verbreitet, aber jedes Zeichenbüro und sogar jeder Grafiker wollte nach der Wende solch einen Schreiber haben. Nur wenige Jahre später gab es für kleinere Papierformate Tintenstrahl- und Laserdrucker, die billiger waren und die jeder in jedem Laden, sogar in Lebensmittelmärkten, problemlos selbst kaufen und anschließen konnte.

Schließlich wurde Vater wegen der sinkenden Aufträge entlassen. Das wäre kein Drama gewesen, wenn er nicht so gewesen wäre wie er eben war. Er fühlte sich für die Familie verantwortlich und sah sich als alleiniger Ernährer. Mutters Gehalt zählte für ihn nicht. Das sei Spielgeld für neue Kleider und anderen Frauenkram. Statt sich eine neue Arbeit zu suchen, vergrub er sich in Zorn. Er schimpfte den ganzen Tag auf die Wende und gab der Politik die Schuld.

„Uns wurde alles übergestülpt!", klagte er oft.

Damals wusste ich nicht, was er meinte. Ich wusste überhaupt nichts über die DDR, weil ich erst nach der Wende geboren bin. Aber ich verstand seine Sorge, denn in der Schule hatte man uns erklärt, dass es in der DDR keine Arbeitslosen gab.

Vater verhielt sich von Woche zu Woche seltsamer. Entweder, er sprach tagelang nicht mit uns und tat, als wären wir gar nicht da oder er schrie uns grundlos an. Anfangs tat mir Mutter leid, später nicht mehr. Mich ärgerte, dass sie sich von ihm schikanieren ließ. Einmal hatte er im Zorn sein gesamtes Werkzeug auf den Hof geworfen, das Mutter wieder aufzulesen und reinigen musste. Wenn ihm etwas herunterfiel oder kaputt ging, schrie er sie an, als hätte sie es verursacht. Doch sie blieb immer ruhig und tat, als bemerke sie seine Böswilligkeiten nicht.

*****

Ich erinnere mich an seinen 50. Geburtstag. Das Haus war voller Gäste und Vater sagte mitten in die fröhliche Feier hinein seinen Lieblingssatz: „Uns wurde alles übergestülpt."

Alle lachten und glaubten wohl an einen seltsamen Familienscherz. Nur sein Bruder Klaus, der aus München zu Besuch war, fragte: „Wie meinst du das?"

„Die blöden Wessis haben das gesamte Volkseigentum, was wir uns hart erarbeitet hatten, aufgekauft und verschleudert."

„Da gab es nichts zu verschleudern. Die Maschinen waren nichts wert und die Arbeitsmoral noch weniger", antwortete Klaus ruhig.

„Nun mach mal einen Punkt! Wären unsere Betriebe nichts wert gewesen, hätte sie keiner gekauft."

„Vielleicht sind die Käufer auf die frisierten Zahlen hereingefallen und vielleicht wussten sie nicht, wie viel die Leute klauten."

Vater sprang auf. Sein Stuhl kippte nach hinten und es sah aus, als ob er direkt über den Tisch steigen und seinen Bruder packen wollte.

„Vielleicht hast du geklaut, ich jedenfalls nicht."

„Natürlich hast du geklaut. Das Klauen war direkt deine Aufgabe. Du durftest Fachzeitschriften aus dem Westen auswerten und die Informationen an die Ingenieure in der Entwicklung weitergeben."

„Immerhin hatte ich Arbeit und kannte keine Arbeitslosigkeit."

„Das ist wohl wahr", räumte Klaus ein.

„Nach der Wende hatten wir überhaupt keine Wahl", schimpfte Vater weiter.

„Vor der Wende hattest du erst recht keine Wahl. Du konntest dir nach deinem Studium nicht einmal die Arbeitsstelle auswählen, wurdest in einen Betrieb verpflichtet und musstest obendrein während der ersten Wochen in einer LPG bei der Kartoffelernte helfen."

„Na und? Das war etwas Nützliches. Davon hast du gar keine Ahnung!", brüllte Vater. „Du siehst alles von der falschen Seite und hast die total falsche Weltanschauung!"

Klaus schüttelte den Kopf.

„Vielleicht stehe ich auf einer anderen Seite als du, doch es ist nicht automatisch die falsche Seite. Und überhaupt: Wie kannst du eine Weltanschauung haben, ohne die Welt jemals angeschaut zu haben?"

„Jetzt willst du wieder protzen mit deinen Reisen um die Welt." Plötzlich stürzte er sich auf Klaus und schrie: „Du blöder überheblicher Wessi!"

Sofort war es still im Raum. Alle Gäste schauten interessiert oder erschrocken zu Vater, dessen Gesicht dunkelrot anlief.

„Ihr werdet doch jetzt nicht streiten", bat Mutter leise.

„Du hältst dich da raus!", befahl Vater.

Die Gäste murmelten irritiert, während ich wütend auf Mutter war, weil sie sich vor allen Leuten den Mund verbieten ließ. Mir war klar, dass Vater keine Ruhe geben wird. Wenn ich die Macht gehabt hätte, ich hätte ihn einfach rausgeworfen, obwohl es sein Fest war.

„Unsere Betriebe wurden von euch arroganten Wessis aufgekauft und plattgemacht."

Klaus winkte ab.

„Und warum hatte keiner von euch schlauen Ossis den Mumm, die Betriebe weiterzuführen? Vielleicht wusste jeder, dass sie nichts wert waren. Der Ostblock mit seiner Planwirtschaft ist nicht zufällig untergegangen."

„Du verlogener Knasti!", schrie Vater und ballte die Fäuste.

Ich befürchtete, dass die Beiden wie Tiere aufeinander losgehen und sich schlagen.

Doch Klaus sagte nur leise: „Du weißt sehr wohl, warum ich eingesperrt wurde."

„Das weiß ich genau. Abhauen wolltest du. Du bist ein jämmerlicher Verräter! Ein feiger Hundesohn!"

„Jetzt gehst du zu weit!", versuchte Mutter zu schlichten.

Soweit ich weiß, hatte Klaus nur einen Ausreiseantrag gestellt. Das war zwar nicht verboten, doch auch nicht gern geduldet. Klaus verbrachte zwei Jahre seines Lebens im Gefängnis Cottbus und wurde anschließend direkt in die Bundesrepublik entlassen. Er nannte das Freikauf. Davon hatte ich noch nie zuvor gehört und nahm mir vor, ihn bei Gelegenheit danach zu fragen. Überhaupt interessierte es mich plötzlich, warum er weg wollte, obwohl er seine Eltern, den Bruder und seine Arbeit hier hatte.

„Hau endlich ab!", schrie Vater.

„Ich gehe, doch vorher werde ich noch etwas sagen."

„Du sagst hier gar nichts mehr! Du verschwindest und zwar sofort!"

Vater zeigte auf die Tür. Klaus stand auf, schob seinen Stuhl zurück und ging einen Schritt zur Seite.

„Jeder von euch hatte nach der Wende viele Möglichkeiten zu wählen, zu entscheiden. Doch das Denken hatte hier im Osten keiner gelernt, weil uns immer vorgegeben wurde, was wir zu tun und zu lassen hatten." An der Tür drehte er sich noch einmal um und ergänzte: „Darüber solltest du endlich einmal nachdenken!"

Mutter wollte ihm nachlaufen, doch Vater befahl: „Du bleibst gefälligst hier!"

„Jedenfalls hat mich diese Scheiß-Wende krank gemacht", fasste Vater zusammen.

„Nicht die Wende hat dich krank gemacht, sondern deine trübsinnigen Gedanken darüber haben das geschafft", korrigierte Mutter.

Ich weiß, dass die Psyche die Ursache für nahezu jede Krankheit ist. Es gibt viele entsprechende Sprichwörter im Volksmund wie: Mir stockt der Atem, Die Angst schnürt mir die

Kehle zu, Die Sorge macht mir das Herz schwer, Das geht mir unter die Haut und Der Stress ist mir auf den Magen geschlagen.

Letzteres musste bei Vater der Fall gewesen sein, denn er wurde wirklich krank. Sehr schwer krank. Er sagte, dass sein Bauch sich anfühle, als ob er Rasierklingen verschluckt hätte. Er ging zum Arzt und kam nicht wieder heim, sondern starb wenige Wochen später im Krankenhaus.

*****

Vaters schlimme Wochen im Krankenhaus sind mir auf einmal wieder gegenwärtig, so dass ich in der Nacht vom Krankenhaus träume:

Ich sehe mich auf einem Operations-Tisch festgeschnallt und höre die Schwester fragen, ob sie bei mir zuerst das Herz herausnehmen soll oder die Leber. Ein Arzt antwortet, dass meine Leber nichts tauge, weil sie vom Alkohol zerfressen und mein Herz vor Gram geschrumpft sei.

„Ein Schrumpfherz können wir nicht brauchen. Wir nehmen nur die Lunge und den rechten Arm, weil dieser noch unversehrt ist."

Ich will schreien, doch die Schwester hält mir lachend den Mund zu.

Schreiend werde ich wach und springe aus dem Bett. Dabei lande ich auf dem Boden, weil ich nicht an mein krankes Bein gedacht habe und auch nicht an meine Hand. Ich will sie massieren, doch mein rechter Arm ist steif. Ich kann ihn kaum bewegen. Offenbar habe ich auf ihm gelegen, so dass er eingeschlafen ist. Meine Hand fühlt sich taub an, obwohl sie wie verrückt unangenehm kribbelt. Ich versuche, sie abwechselnd zu öffnen und zu schließen, was zuerst nicht gelingt, doch dann immer besser klappt. Dabei humple ich hektisch hin und her. Ich kriege keine Luft. Meine Lunge! Ich will meine Lunge behalten und auch meinen Arm. Ich weiß, dass ich nur geträumt habe. Und doch denke ich darüber nach, dass sie mein Herz nicht wollen und auch nicht meine Leber. Sie kriegen sie auch nicht. Nichts kriegen sie! Es ist nur ein dummer Traum gewesen, ein ganz besonders dummer, sage ich mir. Doch ich kann mich nicht beruhigen.

Die Weinflasche neben meinem Bett ist leer. Ich muss jetzt etwas trinken. Wasser oder Saft. Langsam rutsche ich die schmale Wendeltreppe hinunter, rühre mir einen Kakao mit Honig ein und schalte ich den Fernseher an. Es läuft eine Dokumentation, ausgerechnet eine medizinische. Ein Arzt öffnet seinen Kittel und zeigt auf seine nackte linke Brust. Auf diese hatte er tätowieren lassen: „No reanimate! No incubate!" Fassungslos warte ich auf seine Erklärung, warum er das tat. Doch er sagt nichts, auch der Moderator äußert sich nicht dazu. Er eröffnet eine Diskussionsrunde, in dem sich die Teilnehmer darüber streiten, ob solch eine Tätowierung für den operierenden Arzt im Notfall bindend ist oder nicht. Ein Mann behauptet sogar, dass sich Ärzte nicht einmal zwingend an eine Patientenverfügung halten müssen.

Das empört mich jetzt. Wozu gibt es diese dann überhaupt? Ich habe keine und Mark ebenfalls nicht, soweit ich weiß. Es heißt, der Arzt habe keine Zeit, erst nach einem Dokument zu suchen. Doch in dem Ausgangsfall hatte der Mann seinen Wunsch, nicht wiederbelebt zu werden, gut sichtbar auf der Brust. Man könne angeblich nicht davon ausgehen, dass der Patient diese Tätowierung ernst gemeint habe. Es sei die Pflicht des Arztes zu helfen und Leben zu retten, auch gegen den Wunsch des Patienten.

Wütend schalte ich den Fernseher aus und versuche, mich mit Gedanken an den baldigen Frühling abzulenken und zu beruhigen. Es gelingt nicht. Die Bilder von der Tätowierung und aus meinem Traum vermischen sich und irritieren mich. Sicher hat das etwas Wichtiges für mich zu bedeuten. Doch was? Dass es sinnvoll ist, einer Wiederbelebung zu widersprechen, kann ich nicht glauben. Doch der tätowierte Mann ist Arzt, hat möglicherweise den ganzen Tag mit reanimierten und intubierten Patienten zu tun und weiß also sehr genau, warum er nicht in solch eine Situation geraten will. Vielleicht wurde in dieser Dokumentation auch über Organspende gesprochen und ich habe zu voreilig abgebrochen.

Doch statt den Fernseher noch einmal anzuschalten, gebe ich in meinen Laptop Organspende ein. Das hätte ich nicht tun sollen, denn nahezu jeder dieser Artikel entsetzt mich zunehmend. Der Mensch ist gar nicht tot, wenn er „nach dem Tod" seine Organe spendet. Nur sein Gehirn arbeitet nicht mehr, sein Herz und die anderen Organe sehr wohl. Der Spender erhält sogar eine Vollnarkose und Schmerzmittel, weil auf die Organentnahme mit höherer Pulsfrequenz und Anstieg des Blutdrucks reagiert. Das Hirntotkriterium wurde 1968 extra eingeführt, um Organe beschaffen zu können. Seitdem boomt weltweit der internationale Organhandel. In China sperrte die kommunistische Regierung hunderttausende Falun-Anhänger (buddhistische Lehre über Barmherzigkeit) in Arbeitslager und weidete die Gefangenen teilweise bei lebendigem Leib aus, um für gut zahlende Kunden eine Auswahl an Organen zu haben.

Das ist Mord! Mich ekelt derart, dass ich den Computer zuklappe und mich im Bad übergeben muss.

Bestürzt, entsetzt und zugleich empört sitze ich auf meinem Bett. Ich kann all die schrecklichen Informationen nicht fassen. Mir fällt ein, dass auch ich einen Organspende-Ausweis besitze, der hinter meinem Ausweis im Geldbeutel steckt. Ich will nach meinem Tod einem kranken Menschen helfen. *Nach* meinem Tod. Plötzlich packt mich Angst, wie ein Auto nach brauchbaren Ersatzteilen durchsucht und ausgeschlachtet zu werden. Hastig zerschneide ich ein Blatt in mehrere kleine Zettel und schreibe auf jeden: Ich stimme keiner Organspende zu. Diese Zettel verteile ich in alle meine Hand- und Jackentaschen. Damit bin ich fast eine Stunde beschäftigt, weil ich zwei Mal die steile Treppe hinauf und hinunter rutschen muss. Zum Schluss zerschneide ich meinen Organspende-Ausweis in winzig kleine Schnipsel und werfe sie in den Müll.

Ich bin ein recht ernster Mensch, der viel nachdenkt. Dinge und vor allem Ursachen interessieren mich, denen ich wie ein Wissenschaftler auf den Grund gehen will.

Doch seit ich nach meinem Absturz gerettet wurde, nehme ich die Dinge nicht mehr nur ernst, sondern direkt schwer. Sie belasten mich, liegen mir wie ein Gewicht auf dem Körper und weichen nicht aus meinem Kopf. Ich fühle mich ihnen hilflos ausgeliefert, kann sie nicht abschütteln oder ausblenden. Meist bringen sie mich sogar zum Weinen.

Mich beruhigt dann nur der Gedanke an meine Rettung und vor allem an Moritz. Er hielt mich in seinem Arm und sagte kein Wort, war einfach nur da. Und ich hörte auf zu zittern.

Mutter

Mutter besucht mich. Ich freue mich so sehr über ihren Besuch, dass ich auf der Stelle in Tränen ausbreche. Sie nimmt mich in ihre Arme und schaukelt mich sanft hin und her, als wäre ich ein kleines Kind. Das tröstet mich sofort.

„Warum weinst du denn?, fragt sie.

„Moritz sagt ..."

„Moritz?"

„Das ist der Mann, der mich aus dem Abgrund gerettet hat."

Sofort sehe ich seine braunen Augen vor mir und seine wilden Locken und muss unwillkürlich lächeln.

Auch Mutter lächelt.

„Erzähle mir von ihm!", bittet sie.

„Er hat mich aus dem Abgrund gezogen. Ich bin ihm so überaus dankbar!"

Mutter nickt.

„Weißt du, ich hatte geglaubt, ich müsste sterben, mein Leben verlieren."

Wieder nickt Mutter.

„Das Leben verliert man nicht in dem Moment, in dem man stirbt."

„Nicht?"

Mir fallen Elisabeth, Melanie und ihre Schwester ein, die an ein Weiterleben nach dem Tode glauben. Glaubt auch meine Mutter daran?

„Man verliert sein Leben in jeder Minute, jeden Tag."

Das ist mir zu philosophisch. Natürlich wird die verbleibende Lebenszeit mit jedem Tag kürzer, das ist logisch. Doch das meine ich nicht. Ich hatte wirklich Todesangst, als ich in diesem Baum hoch über dem Abgrund klemmte. Ich weiß bis heute nicht, wie ich dorthin gelangte. Darüber möchte ich gar nicht nachdenken. Nicht jetzt und auch später nicht. Am liebsten würde ich den ganzen Absturz aus meinem Gedächtnis streichen. Nur die Rettung nicht. Denn mit der Rettung kam Moritz. Moritz und seine wunderschönen braunen Augen, die so sanft, so unergründlich, so vielversprechend sind. Doch was sollten seine Augen versprechen? Mir können sie gar nichts mehr versprechen, weil ich sie vermutlich nie wieder sehen werde.

„Du möchtest nicht darüber reden?", fragt Mutter.

„Über die Rettung schon. Doch die Stunden voller Angst würde ich gern vergessen."

Mutter nickt.

„Das verstehe ich sehr gut. Doch die Angst hielt dich wach."

So einfach sehe ich das nicht. Ich wäre fast verrückt geworden vor Angst.

Mutter meint: „Wer keine Angst kennt, ist einfach nur dumm." Dann lächelt sie mich an und streichelt über meinen Arm. „Und dieser Moritz hat dich gerettet."

„Ja. Moritz." Ich strahle Mutter an. „Zuerst glaubte ich, ich würde nur fantasieren aus lauter Angst vor dem Absturz. Aber es war Wirklichkeit. Wunderbare Wirklichkeit!"

Noch immer sehe ich sein besorgtes Gesicht vor mir und mich ergreift plötzlich große Sehnsucht nach ihm.

Wieder lächelt Mutter. Manchmal glaube ich, dass sie mir jeden meiner Gedanken an der Nasenspitze ansieht.

„Er sieht umwerfend gut aus, nicht wahr?", fragt sie und zwinkert mir zu.

Sofort werde ich rot und betrachte konzentriert meine Hände.

„Eigentlich kenne ich ihn gar nicht", lenke ich ab.

Ich mag ihr nicht von seinen Augen und den wilden Locken vorschwärmen, seinen Händen, die so kräftig zupacken und gleichzeitig wunderbar sanft sind. Ich fühlte mich so wohl in seinen Armen, so beschützt und hatte das Gefühl, dass mir nie wieder etwas Schlimmes passieren könnte.

Soll sie glauben, was sie will. Im Grunde weiß ich selbst nicht, was ich davon halten soll, dass ich ständig an Moritz denke.

„Es gibt Momente, da glaubt man, einen Menschen zu kennen, den man gar nicht kennt."

Woher weiß sie, dass ich das Gefühl habe, Moritz seit Ewigkeiten zu kennen?

„Du wolltest erzählen, was er sagte, weil du so viel weinst."

Erleichtert über den Themenwechsel berichte ich: „Er sagt, das viele Weinen käme vom Schock. Wenn es nicht von allein verschwindet, soll ich mir von einem Therapeuten helfen lassen."

Mutter nickt, schaut mich aber etwas zweifelnd an.

„Warst du schon bei einem Therapeuten?",

erkundigt sie sich.

Ich schüttle den Kopf.

„Nein. Das ist nicht so einfach, weil ich keine einzige Psychopraxis kenne und es nirgendwo freie Termine gibt."

Ich verstehe nicht, dass der behandelnde Arzt nur Überweisungen ausstellt, aber keine konkreten Termine vereinbart. Er rät nicht einmal zu einem bestimmten Facharzt. Das überlässt er seinem Patienten, der sich überhaupt nicht auskennt.

Etwas verärgert erzähle ich: „Stell dir vor, ich habe in acht Praxen angerufen! Meist hieß es, ich solle in ein paar Wochen noch einmal nachfragen oder es gleich woanders versuchen. Nur eine einzige Frau notierte meine Telefonnummer und versprach, sich zu melden, wenn ein Termin frei wird."

„Das kenne ich."

„Du warst bei einem Therapeuten?", frage ich überrascht. „Wann und warum?"

„Nach Vaters Tod hatte ich mehrere Gespräche bei einem Psychologen."

Das wusste ich gar nicht. Doch es hätte mir klar sein müssen, denn Mutter ist eine recht schwache Person. Sie hat sich von Vater viel zu viel gefallen lassen. Ich sage ihr das.

„Hätte ich ihn zurechtweisen sollen wie einen meiner Schüler? Das ist lächerlich."

Für mich passt es nicht, dass sie in der Schule die strenge Lehrerin gab und daheim kuschte.

„Ich fand es furchtbar, wie du dich von ihm hast kommandieren lassen."

Mutter schaut mich ernst an und erklärt: „Ich kannte alle seine Fehler. Schließlich war ich über zwanzig Jahre mit ihm verheiratet. Hätte ich seine Launen beachtet, hätte ihm das Macht gegeben. Seine ständige Gereiztheit hat mich in keiner Weise beeinflusst. Ich bin immer ich selbst geblieben. Mein inneres Gleichgewicht war niemals in Gefahr."

So richtig verstehe ich das zwar nicht, doch offenbar ist Mutter keine schwache oder gar ängstliche Person.

„Erst nach seinem Tod merkte ich, dass ich emotional abhängiger von ihm war als ich glaubte. Nach der Beerdigung bin ich regelrecht in einen unendlich tiefen Abgrund gestürzt. So wie du, meine Liebe, und doch ganz anders."

Mit offenem Mund höre ich ihr zu und bin entsetzt. Nicht so sehr darüber, dass sie abstürzte, sondern vielmehr darüber, dass ich nichts davon bemerkte. Ich war mit mit selbst beschäftigt und habe sofort das Stellenangebot in Frankfurt angenommen, um so schnell und so weit weg wie möglich vom halbleeren Elternhaus zu kommen mit all seinen Erinnerungen.

„Leider kann man aus einem seelischen Abgrund nicht so einfach herausgezogen und gerettet werden. Ich fühlte mich einfach nicht mehr sicher und spürte keinen stabilen Boden mehr unter den Füßen."

Sie spricht von einem seelischen Abgrund. Das stelle ich mir entsetzlich vor. Doch wie äußert sich solch ein Absturz? Ich frage nach.

„Weißt du, zuerst wollte ich nicht wahr haben, dass dein Vater tatsächlich gestorben ist. Ich habe mich tagelang im Bett vergraben und Bücher über Trauerbegleitung gelesen."

„Hat es geholfen", frage ich etwas bange.

Mutter schüttelt den Kopf.

„Doch mir war klar, dass ich etwas unternehmen musste."

„Deshalb warst du beim Psychologen", schlussfolgere ich. „Und der hat dir geholfen."

„Das hat er." Mutter lächelt. „Doch anders als du glaubst." Wieder lächelt sie.

„Nun erzähle schon!", dränge ich.

„Der Therapeut sagte, ich dürfe ohne Scheu meinen Zorn herauslassen. Aber ich empfand keinen Zorn, auch keine Leere oder Hilflosigkeit. Ich war nur wie erstarrt, direkt gelähmt."

„Gelähmt?"

Mutter nickt.

„Am wenigsten kam ich damit zurecht, dass sich plötzlich Freunde und Kollegen zurückzogen und mich in meinem Kummer allein ließen."

„Auch wir, deine eigenen Kinder haben dich allein gelassen", ergänze ich.

Das ist mir plötzlich klar geworden.

Mutter schaut mich zärtlich an, lächelt und schüttelt ihren Kopf.

„Ihr habt selbst getrauert, jeder auf seine Art." Etwas nachdenklich sagt sie: „Seit dem Tod deines Vaters bin ich achtsamer, achtsamer mit mir und vor allem achtsamer mit meinem Umfeld, den Menschen, die mich umgeben."

Darüber werde ich später nachdenken. Jetzt bringe ich das Gespräch zurück zur Therapie und frage: „Was macht so ein Psychologe eigentlich?"

„Er hört dir zu", erklärt sie.

„Mehr macht er nicht?"

„Nein. Denn eigentlich kommt es nur darauf an, über die eigenen Probleme wie Trauer oder Ängste zu sprechen."

Ich kann mir nicht vorstellen, dass allein vom Sprechen Mutters Trauer und mein häufiges Weinen verschwindet.

„Das Problem ist, dass man nur fünfundvierzig Minuten Zeit zum Sprechen hat, danach kommt der nächste Patient."

Das finde ich nicht schlimm. Allerdings weiß ich nicht, wie ich überhaupt zu einem Therapeuten hinkäme. Autofahren geht noch nicht und zu

Fuß könnte ich maximal zehn Minuten bewältigen, falls es so nah an meiner Wohnung eine Praxis gibt.

„Ich habe also fünfundvierzig Minuten über meine Trauer gesprochen. Danach musste ich gehen und war wieder eine komplette Woche mit mir und meiner Verzweiflung allein. Das fand ich gar nicht gut. Nach der dritten Stunde brach ich ab und besuchte auf Anraten des Therapeuten eine Trauergruppe."

Auch davon wusste ich nichts.

„Was ist denn eine Trauergruppe?"

„Solch eine Gruppe besteht aus Leuten, die alle ihren Partner verloren haben."

„So teilt man sein Leid."

Mutter schüttelt den Kopf.

„Für mich waren die Gespräche in der Gruppe noch schlimmer, weil jeder nur vom Sterben, von Verlust, Trauer und Verzweiflung sprach. Ich fand das furchtbar und geholfen hat es mir nicht. Geholfen hat mir erst Elena." Augenzwinkernd ergänzt sie: „Elena war mein Moritz." Ich werde wieder rot. Mutter lächelt und nimmt mich in den Arm.

*****

Elena ist Mutters beste und eigentlich einzige wirkliche Freundin. Die beiden Frauen lernten sich im Krankenhaus kennen, als ihre Männer schwerkrank in einem Zimmer lagen. Dort saßen sie täglich stundenlang am Bett ihrer sterbenden Partner.

Elenas Mann fand es in Ordnung, im Krankenhaus zu sterben, wogegen sie sich unwohl zwischen all den Apparaten und fremden Menschen fühlte. Ihr wäre wichtig, daheim im eigenen Bett inmitten von Freunden und Verwandten den letzten Weg anzutreten. Sie hat vor ihrem Mann nie so getan, als wüsste sie nicht, dass er stirbt. Mutter fand das anfangs herzlos und begriff erst viel später, dass ihre ewig freundlich zuversichtliche Miene für ihren Mann weniger tröstlich war als Elenas Aufrichtigkeit.

Die beiden Männer starben zwar zur gleichen Zeit, doch ganz verschieden. Vater wehrte sich heftig, Elenas Mann dagegen schlief still und friedlich ein. Elena behauptet, sie habe eine blaue Kugel, die von einer Art Nebel umgeben war, beim Eintritt des Todes wahrgenommen. Das glaube ich allerdings nicht.

Die beiden Witwen tauschten ihre Adressen aus und riefen sich in ihrem Kummer hin und wieder an. Und sie besuchten sich, anfangs sporadisch, später regelmäßig. So lernten sie, über den schrecklichen Verlust ihrer Ehepartner hinwegzukommen und ihr Schicksal anzunehmen. Irgendwann bot Mutter Elena ein Zimmer in ihrer großen Wohnung an. Seitdem leben die beiden Frauen zusammen und fühlen sich wohl miteinander.

*****

„Glaubst du, ein Therapeut könnte den Schock über meinen Absturz allein durch Gespräche beseitigen?"

„Warum nicht?"

Doch ich höre den Zweifel in ihrer Stimme.

„Mich nervt, dass ich ständig in Tränen ausbreche und auch, dass ich Nacht für Nacht vom Absturz träume."

„Es gibt für jedes Problem eine Lösung."

Ich nicke. Es ist nur wichtig, die richtige Lösung für mein Problem zu finden. Mutter hat jedenfalls keine guten Erfahrungen mit einem Therapeuten gemacht.

Vielleicht sollte ich Moritz fragen, ob es noch andere Möglichkeiten gibt. Dann hätte ich einen triftigen Grund, ihn anzurufen. Und schon muss ich wieder lächeln, als ich an Moritz denke und an Mutters Vergleich von ihm mit Elena.

„Du meinst also, ich sollte gar nicht erst einen Psychologen aufsuchen?" Fast hätte ich noch ergänzt: „Sondern lieber sofort Moritz anrufen."

„Das habe ich nicht gesagt."

„Aber du hältst nicht viel davon."

„Das stimmt. Doch das ist allein meine Erfahrung. Andere Leute haben andere Erfahrungen gemacht. Erleben zehn Menschen das gleiche, so empfinden doch alle zehn verschieden."

Das ist mir klar. Doch es ist keine Antwort.

„In jeder Buchhandlung findest du Regale voller Ratgeber über Trauer, Ängste, Schuldgefühle, Eifersucht und vieles mehr. Allesamt von Fachleuten geschrieben. Doch glaube nicht, dass diese Fachleute in ihrem Leben weniger Probleme haben als du und ich. Sie sind ganz normale Menschen, die oft aus ihrem eigenen Dilemma nicht herausfinden."

Darüber muss ich nicht lange nachdenken, denn es klingt logisch. Logik ist mir wichtig. Alles muss für mich nachvollziehbar sein, damit ich es verstehen und akzeptieren kann.

„Aber was soll ich tun?", frage ich etwas hilflos.

„Das Leben genießen!", sagt sie, klatscht in die Hände und lacht dabei.

Das sagt sie so einfach. Doch ich kann nichts genießen, ich sitze hier fest und langweile mich. Das Fernsehprogramm gefällt mir nicht, am Computer kann ich die linke Hand nicht benutzen und beim Lesen werde ich müde.

„Wie soll ich das Leben genießen mit meinem kaputten Fuß?"

„Man kann das Leben auch mit einem kaputten

Fuß genießen! Eigentlich mit allem, was du hast und kannst."

Verstimmt schweige ich. Soll ich etwa mein Weinen und meine grausigen Träume ignorieren und einfach so weiterleben wie bisher? Vorausgesetzt, meine Knochen spielen mit und lassen mich irgendwann wieder zur Arbeit und feiern gehen.

„Im Grunde kannst du dir nur selbst helfen."

Mutter ergreift meine Hand, hält sie in ihrer und streichelt mit der anderen sanft darüber.

Ich bezweifle, dass dies funktioniert und sage: „Das ist kein guter Rat. Er ist direkt schlecht."

„Nichts ist gut oder schlecht. Nur deine Gedanken machen es dazu."

So ähnlich hat mir schon Elisabeth geantwortet und ich verstehe so langsam, was Mutter meint. Ich kann nur allein aus meiner Misere herausfinden, indem ich meine schlechten Gedanken wegschiebe, an etwas Schönes denke und für Freude und Abwechslung sorge. So wie sie und Elena das gemacht haben.

„Heißt das, ich brauche nur einen Freund, der die gleiche Erfahrung gemacht hat?"

„Nein, das ist nicht nötig. Es muss einfach nur jemand sein, der dich versteht, verstehen will."

„Jeder will verstehen."

„Sei nicht naiv, Mädchen! Nicht jeder interessiert sich für seinen Nächsten. Die Leute fragen

meist aus reiner Neugier, noch öfter aus Höf-
lichkeit. Eine ehrliche Antwort wollen sie gar
nicht hören."

So hart hätte ich das nicht formuliert. Doch im
Grunde hat sie Recht, ehrliches Interesse
erfährt man höchst selten.

*****

„Wie läuft es eigentlich mit Mark?", erkundigt
sich Mutter.

Auf diese Frage habe ich schon gewartet, denn
diese Frage stellt sie immer und ist auf jeden
Fall an einer ehrlichen Antwort interessiert.

„Ach", wehre ich mit einer Handbewegung ab.
„Mark ist in Ordnung. Das weißt du."

Mutter nickt, schaut mich aber prüfend und ein
wenig skeptisch an.

„Er kümmert sich rührend um mich, eigentlich
zu sehr."

Missmutig denke ich daran, wie er durch meine
Wohnung wuselt und überall räumt und wischt
und mir Kaffee und Kekse ans Sofa stellt.

Wieder nickt sie und sagt: „Ich glaube, Mark
würde dir auch helfen, wenn ihr kein Paar wärt,
sondern nur Freunde. Er ist ein lieber Kerl. Ich
mag ihn und weiß, dass du ihn auch magst.
Aber liebst du ihn?"

„Ob ich ihn liebe? Was ist schon Liebe? Liebe

ist ein Strohfeuer, von dem nichts übrigbleibt. Nur Freundschaften halten."

Mutter wiegt den Kopf hin und her. Ich weiß, dass sie anders darüber denkt. Ich brauche keinen Mann zum Heiraten, schon gar nicht so einen wie Vater.

„Ihr habt mir keine gute Ehe vorgelebt", sage ich bissig.

„Eine harmonische Ehe hätte mich wohl stagnieren lassen. So musste ich oft nach Lösungen, nach Kompromissen suchen und lernen, mit all seinen Launen umzugehen."

„Launen", murmle ich verstimmt. „So kann man seine Gemeinheiten auch nennen."

Mutter schaut mich mahnend an, als stünde es mir nicht zu, Vater zu kritisieren.

„Ich habe früh erkannt, dass man nur für sich selbst die Verantwortung übernehmen kann. Andere Menschen ändert man nicht – nicht einmal zu ihrem Besten."

Damit will sie mir weismachen, dass Vaters herablassende Art und seine Wutanfälle gut für sie waren? Ich fasse es nicht! Ich will jedenfalls einen gleichwertigen Partner, einen, der mich so akzeptiert wie ich bin. So einen wie Mark.

Genau jetzt fällt mir Moritz ein. Immer im falschen Moment! Er käme als Partner jedenfalls nicht in Frage. Trotzdem möchte ich ihn liebend gerne wiedersehen. Nein, liebend gern passt nicht, einfach nur gern.

„Ich wünsche mir nur, dass du glücklich bist. Es muss nicht unbedingt Mark sein."

Erschrocken schaue ich sie an. Weiß sie, dass ich gerade an Moritz dachte? Vielleicht spürt sie sogar, dass mir Mark seit meinem Absturz irgendwie fremd vorkommt. Ich habe nicht einmal Lust, mit ihm zu schlafen und weiß nicht, woran das liegt. Gebe ich ihm unbewusst die Schuld an diesem Unfall?

„Irgendwann wirst du dich für einen Mann entscheiden, mit dem du Kinder haben willst."

Ich verdrehe die Augen, weil ich weiß, dass sie schon mitten in ihrem Lieblingsthema Hochzeit und Familie steckt.

„Langsam solltest du wissen, dass ich nichts vom Heiraten halte", zische ich wütend.

„Immerhin seid ihr seit vier Jahren zusammen."

„Na und? Das ist kein Grund zum Heiraten!"

„Damit hast du vollkommen Recht." Schmunzelnd setzt sie hinzu: „Doch wenn der Richtige kommt, wirst du heiraten wollen."

Ich will überhaupt nicht heiraten. Oder meint sie, ich will nur Mark nicht heiraten?

„Glaubst du, dass Mark nicht der Richtige für mich ist?"

Melanie scheint davon überzeugt zu sein oder besser gesagt ihre Sterne. Sie sagte sogar, zu mir würde eher Moritz passen. Moritz!

„Das kannst nur du wissen, ob Mark der Richtige ist oder nicht. Meiner Meinung nach passt ihr gut zusammen, doch wie ein Liebespaar wirkt ihr nicht."

„Nicht?", frage ich und weiß im gleichen Moment, was sie damit meint.

Verliebte halten Händchen und küssen sich ständig. Ich brauche das nicht.

Mutter schüttelt den Kopf und lacht. Ihr Lachen verstimmt mich, denn Partnerschaft ist ein ernstes Thema.

„Ich würde nie vor lauter Liebe den Verstand verlieren", sage ich sehr bestimmt.

Mutter beugt sich zu mir und flüstert: „Aber du könntest vor lauter Verstand die Liebe verlieren. Der Verstand nützt dir bei der Liebe nicht viel."

Das glaube ich nicht. Vernunft und Liebe widersprechen sich nicht. Ich weiß, was ich will und vor allem, was ich nicht will. Heiraten kommt für mich nicht in Frage.

„Heiraten ist überhaupt nicht mehr zeitgemäß."

Wieder lacht Mutter.

„Das mag sein. Früher heirateten Frauen, um als Paar etwas Gemeinsames aufzubauen und passten sich gern ihren Männern an."

„So wie du!"

Mutter schüttelt den Kopf.

„Ich war nicht von deinem Vater abhängig, nicht moralisch und schon gar nicht finanziell. Das

war mir immer wichtig. Nur den Erziehungs-
urlaub nutzte ich nach eurer Geburt."

„Und warum heiraten Männer?", frage ich.

„Männer bleiben wie sie sind und wollen durch
eine Heirat nur ihre Position verbessern."

Also eine Position verbessert man durch eine
Heirat ganz bestimmt nicht. Außerdem will ich
ebenfalls bleiben wie ich bin.

*****

Nachdem Mutter gegangen ist, schlage ich die
Bibel auf und lese: „Bei allem, was ihr tut: Lasst
euch von der Liebe leiten!"

Ich kann mich nicht bei allem, was ich tue, von
der Liebe leiten lassen. Für die meisten Dinge
brauche ich Vernunft und Wissen und vieles
muss getan werden, was ich ganz und gar nicht
liebe.

Was ist eigentlich Liebe? Mütterliche Liebe ist
klar. Mütter lieben ihre Kinder ohne Vorbehalt
und ohne Bedingung. Obwohl es auch Mütter
gibt, die ihre Kinder schlagen oder seelisch
quälen. Es heißt, dass Menschen, die als Kind
geprügelt wurden, später ebenfalls ihre Kinder
misshandeln, obwohl sie wissen, wie man sich
in solch einer Situation fühlt. Ich glaube, dass
diese Menschen keine Liebe empfinden. Moritz
würde vermutlich sagen, sie sind moralisch

abgestürzt.

Ich gebe im Computer *Liebe* ein und finde die Erklärung: „Auf starker körperlicher, geistiger, seelischer Anziehung beruhende Bindung an einen bestimmten Menschen, verbunden mit dem Wunsch nach Zusammensein und Hingabe."

Hingabe? Das halte ich für antiquiert. Maximal das körperliche Hingeben verstehe ich. Der Sex mit Mark ist in Ordnung, war er bisher jedenfalls – auch wenn ich ihn nicht so brauche wie er. Körperlich zieht er mich schon hin und wieder an, doch geistig und seelisch fühle ich mich ganz und gar nicht an ihn gebunden. Dazu sind wir zu verschieden. Es heißt, Gegensätze ziehen sich an, doch mein Wunsch nach Zusammensein hält sich in Grenzen. Wir verstehen uns auch, wenn wir nicht ständig aufeinander hocken.

Ausgerechnet jetzt fällt mir Moritz ein. Ihn finde ich sehr anziehend. Doch lieben kann ich ihn nicht, weil ich ihn nicht kenne. Er hat mich gerettet und deshalb bin ihm dankbar – nicht mehr und nicht weniger. Dass mir seine wunderschönen braunen Augen so sehr gefallen und nicht mehr aus dem Kopf gehen, ist eine ganz andere Sache und hat mit Liebe nichts zu tun. Trotzdem möchte ich sehr gern in diese Augen schauen, mich darin vergessen und in seinen Armen versinken.

Jetzt werde ich kindisch. Kindisch ist diese ganze Sehnsucht nach ihm. Vielleicht ist ein klein wenig Verliebtheit mit im Spiel, was schließlich nichts mit Liebe zu tun hat. Außerdem stört mich, dass er fast sechshundert Kilometer von Chemnitz entfernt lebt. Das ist schon der erste wichtige Grund, keinen einzigen Gedanken an eine Beziehung mit Moritz zu verschwenden.

Auch in der Bibel suche ich nach Liebe. Doch ich finde nur, dass man Gott lieben muss. Das Buch ist zu dick. Wo ich es auch aufschlage, ich entdecke keinen passenden Satz zu Liebe. Doch wozu gibt es Google? Kurz entschlossen gebe ich *Liebe in der Bibel* ein und lese: „Nun aber bleiben Glaube, Hoffnung, Liebe, diese drei; aber die Liebe ist die größte unter ihnen."
Der Glaube steht wieder einmal zuerst, doch die Liebe ist größer. Ich glaube nicht an die Liebe, jedenfalls nicht an die, von der man so romantisch in Büchern liest und Filmen sieht.
„Die Liebe ist langmütig und freundlich, sie erträgt alles, sie glaubt alles, sie hofft alles, sie duldet alles."
So definiere ich Liebe nicht. Geduldig und auch freundlich sehe ich ein, doch etwas ertragen bedeutet etwas Unangenehmes, Quälendes

hinzunehmen. Das passt zu einer schweren Krankheit oder einem Knochenbruch, aber nicht zur Liebe. Die Heilung meiner Knochen kann ich geduldig abwarten und die Schmerzen und Schwierigkeiten ertragen. Alles zu glauben wäre unklug, maximal ist Vertrauen die Basis für jede Liebe. Alles hoffen. Ist Hoffen das Gleiche wie Erwarten? Ich erwarte nicht viel. Mark dagegen erwartet ständig etwas von mir: mehr Ordnung, mehr Einsatz, mehr Fleiß. Erdulden ist für mich das Schlimmste. Man nimmt etwas Schreckliches auf sich oder lässt es über sich ergehen. Das kann unmöglich Liebe sein, wenn man alles erträgt und duldet.

Die Definition Liebe im Duden passt auf jeden Fall besser als die in der Bibel.

Im Hintergrund läuft leise Musik im Radio, die mir irgendwie bekannt vorkommt. Ich stelle den Ton lauter, lausche und erkenne schließlich den schmalzigen Titel, den Elisabeth im Kranken-haus spielte. Mir fällt ein, dass er genau in dem Moment lief, als Moritz das Zimmer betrat. Moritz!

Plötzlich gefällt mir die ruhig tragende Melodie. Eine mir unbekannte Frau singt mit sehr eindringlicher Stimme eine Art lyrischen Titel. Interessiert beuge ich mich nach vorn, um die Kennung zu entziffern und lese Alanis Morissette: That I Would Bee Good. Die Melodie geht mir mitten ins Herz und ich weine. Es ist seltsam, dass ich so häufig weine - nicht nur, wenn ich traurig bin, sondern auch, wenn mich etwas berührt wie eben dieses schöne Lied. Ich stelle mir vor, dass sich diese Frau nach ihrem Freund sehnt und versuche, den Text zu verstehen.

In etwa geht es darum, dass sie auch dann gut wäre, wenn sie nichts täte oder krank wäre, zehn Pfund zunähme, ihre Haare verliert oder man sie komplett ablehnt.

Das heißt, diese Sängerin möchte so geliebt und angenommen sein wie sie ist. Das verstehe ich gut, denn das möchte ich auch. Ich will ich selbst sein und nicht so, wie Andere mich haben wollen.

Ich schalte das Radio aus und google in meinem Computer nach Alanis Morissette. Die Sängerin veröffentlicht seit mehr als zwanzig Jahren unzählige Titel, von denen ich nur einen einzigen jemals gehört habe. Offenbar werden sie selten im Radio gespielt. Deshalb clicke ich mich durch die Musikvideos und bin ganz hingerissen von der interessanten Stimme und der natürlichen Schönheit und Ausstrahlung dieser Frau. Der Song „Everything" geht mir mit seiner sanften Melodie ganz besonders ans Herz. Auch der Text spricht mich an. Darin zählt sie die vermeintlichen Nachteile ihres Charakters auf und bewundert ihren Freund, dass er sie trotzdem liebt und immer noch bei ihr ist.

Sieht mich Mark so wie ich bin? Liebt er mich mit all meinen Fehlern? Ich sehe die meisten Fehler nicht, die er an mir kritisiert. Ich soll nicht so laut sein, nicht so viel diskutieren, für Ordnung sorgen, strukturiert arbeiten, fleißiger und ehrgeizig sein, dafür nicht so überheblich. Was mag er eigentlich an mir? Gefragt habe ich ihn nie. Vermutlich gefällt ihm, dass ich ihn in Ruhe lasse.

Und was liebe ich an Mark? Da muss ich nachdenken. Liebe ich ihn überhaupt? Mutter sagte, wir wirken nicht wie ein Paar. Immerhin kommen wir seit vier Jahren gut miteinander aus. Von mir aus könnte es so bleiben.

Und Moritz? Könnte er mein Freund sein? Wieder fallen mir sofort seine braunen Augen ein und seine starken Arme, die mich wohl niemals mehr so halten werden wie damals bei der Rettung aus dem Abgrund. Das stimmt mich traurig und ich spüre einen großen Verlust, dabei weiß ich, dass man nicht verlieren kann, was man nie besessen hat. Ich seufze, weil ich ständig an Moritz denken muss, mich nach ihm sehne ohne jede Hoffnung, ohne Sinn und Verstand. Dabei ist mir bisher immer mein Verstand so wichtig gewesen. Und jetzt steigere ich mich in eine alberne Geschichte hinein, die nichts bringt, weil sie keine Zukunft hat – nicht einmal eine Gegenwart. Und doch wäre es schön, wenigstens einmal in seinen Armen zu liegen. Melanie behauptete, Moritz sei ein genial guter Liebhaber. Darunter stelle ich mir keinen Mann vor, der wilde Kunststücke vollführt, sondern einfühlsam auf seine Partnerin eingeht, auf sie achtet. Doch eigentlich mag ich keine Männer, die solch einen zweifelhaften Ruf haben, zumal ich keine Frau für eine einzige Nacht bin.

Was erwarte ich eigentlich? Mutter meint, man darf von den Männern nicht zu viel erwarten, am besten gar nichts. Erwartungen bringen nur Enttäuschungen. Das stimmt, doch ohne etwas zu erwarten kann ich mir das Leben nicht vorstellen. Ich erwarte nichts von den Dingen, aber ich erwarte viel von den Menschen. Gleichzeitig merke ich, dass ich mir selbst widerspreche.

Elena

Ich denke schon wieder oder noch immer an Moritz und finde es lustig, dass Mutter Elena als ihren Moritz bezeichnete.

Die beiden Frauen wohnen zusammen und verstehen sich so gut wie Schwestern. Dabei weiß ich gar nicht, wie ein Leben mit einer Schwester ist, denn ich habe nur einen Bruder. Und ich habe viele Freunde, mit denen ich zusammen Sport treibe oder feiern gehe. Im Gegensatz zu Mutter mag ich keinen so engen Kontakt wie sie zu Elena.

Elena ist Russland-Deutsche. Sie verbrachte ihre Kindheit in Sibirien, erzählt allerdings so gut wie nichts darüber. Ich weiß nur, dass es in ihrem Dorf keine Straßen gab, nur Schlammwege, besonders im Frühjahr, wenn der Schnee schmolz. Ihr Vater war Deutscher, weshalb er nach Sibirien verbannt wurde. Seine russische Frau ging mit ihm und sie bekamen Elena. Sicher hätten sie noch mehr Kinder gehabt, doch kurz nach Elenas Geburt wurde der Vater in ein Arbeitslager geschickt, in einen Gulag, wo er schließlich starb. Obwohl Elena ihren Vater gar nicht kannte, beschimpfte man sie abfällig als die Deutsche.

Als sie fünfundzwanzig Jahre alt war, lernte sie einen Ingenieur aus der DDR kennen und lieben. Sie heiratete ihn und durfte mit ihm die Sowjetunion verlassen. So kam sie nach Chemnitz, das damals noch Karl-Marx-Stadt hieß. Man riet ihr, niemals über ihre Zeit in Sibirien zu sprechen, falls ihr ihre Gesundheit lieb sei.

Aus Angst pflegte sie kaum Kontakt zu ihren Landsleuten, obwohl sie die typisch russischen Feiern mit viel Lärm und noch mehr Wodka sehr vermisste. Ihr Mann duldete ohnehin keine derartigen Feste, was Elena mit der Zeit immer wortkarger werden ließ.

Gelernt hatte sie Bibliothekswissenschaften, doch ihre russische Ausbildung erkannte man in der DDR nicht an, zumal sie während der ersten beiden Jahre die deutsche Sprache nicht beherrschte. Sie arbeitete als Putzfrau im Rathaus und im Museum. Eines Tages trug man ihr auf, Bücher aus der Bibliothek ins Archiv im Kellergeschoss zu tragen. Dabei kam sie mit der leitenden Bibliothekarin ins Gespräch, die Elena sofort mochte und ihr eine Stelle in der Bücherei verschaffte. Dort sortierte sie anfangs Bücher und Karteikarten und übersetzte später Texte aus dem Russischen ins Deutsche oder umgekehrt. Nach Einführung des Mindestlohns erhielt sie diesen und erst seit zwei Jahren bezahlt man sie nach dem Tarif einer Bibliotheksassistentin.

*****

Vor einigen Jahren kauften Elena und ihr Mann ein kleines Haus am Stadtrand und fühlten sich wohl darin. Elena mochte vor allem, dass in jedem Zimmer die Wände und sogar die Decken mit Holzlatten verkleidet waren, auch der Treppenaufgang im Flur. Das fühlte sich für sie behaglich an, weil es an die kleinen Holzhäuschen daheim in Sibirien erinnerte. Ihrem Mann gefielen jedoch die dunklen Paneele nicht. Er wollte sie abreißen. Elena strich das Holz im ganzen Haus weiß, was die Räume heller und freundlicher machte. Doch damit war er nicht zufrieden.

Schließlich gab Elena nach und stimmte schweren Herzens zu, die Paneele zu entfernen. Zuerst löste der Mann die Bretter in der Stube und hielt erschrocken inne, denn die Wand war rabenschwarz von Schimmel befallen. Die Ecke, wo vorher das große Sofa stand, hatte grüne und schwarze Blasen bis hinauf zur Decke, wo ihm der Grundputz entgegen rieselte. Er besorgte Brennspiritus und wusch die Wände sorgfältig ab. Doch es half nicht, die Fläche war viel zu groß. Dann hackte er den ohnehin losen Putz der zwei besonders betroffenen Wände ab und stellte Heizkörper auf, um die Wände zu trocknen.

In der Zwischenzeit löste er die Holzlatten im Schlafzimmer, wo es fast noch schlimmer aussah als in der Stube. Die tiefschwarzen Flecke zogen sich von der Decke die Wand herunter bis zum Fenster. Sogar seine Matratze im Bett war befallen.

Sie schliefen im Gästezimmer, während das entsetzlich stinkende Schutzmittel einwirken sollte. Schließlich verputzte er die Wände und trug eine luftdurchlässige Farbe auf.

Doch bevor er das Treppenhaus in Angriff nehmen konnte, wurde er krank. Er hatte Probleme mit der Luft und manchmal das Gefühl, im nächsten Moment zu ersticken.

Nur wenige Monate später starb er.

Eine russische Freundin riet Elena, das Haus sofort zu verkaufen, denn sie war überzeugt, dass der Schimmel die Krankheit des Mannes verursacht hatte. Leider fand sich für das Haus kein einziger Käufer.

Nachbar Achmed erklärte, daran sei er schuld.

„Wieso?", wollte Elena wissen.

„Das liegt daran, dass du neben einem Türken wohnst."

„Das verstehe ich nicht."

„Den bösen Schimmel können die Leute entfernen, den bösen Nachbarn nicht."

Elena brauchte eine Weile, diese makabre Bemerkung als Witz zu verstehen. Lachen konnte sie trotzdem nicht darüber.

Das Haus wollte jedenfalls keiner haben und Elena hauste auf einer Baustelle, in der sie sich nicht wohl fühlte, zumal ohne das heimelige Holz alles kahl wirkte und sie den Schimmel nun viel deutlicher roch als früher. Für eine fachgerechte Sanierung fehlte ihr das Geld.

Da fiel ihr die dreißigbändige Ausgabe der Brockhaus-Enzyklopädie ein, deren auffällig schöner fester Einband mit goldener Schrift auf dem Buchrücken verziert war. Ihr Mann hatte diese Sammlung immer als besonders wertvoll bezeichnet, nicht nur als Nachschlagewerk, sondern vor allem als Geldanlage. Sie sei weit mehr als 3.000 Euro wert. Dieses Geld konnte Elena gut für die Renovierung gebrauchen. Doch der Mitarbeiter des Antiquariats lachte Elena aus und sagte: „Diesen Schinken nehme ich nicht einmal, wenn Sie mir Geld dafür bieten."

Schließlich schenkte sie die gesamte Ausgabe der Stadtbücherei, ebenso die vielen anderen, sehr teuer bezahlten Atlanten und mehrbändigen Lexika über Technik und Sport. Sie behielt nur verschiedene Duden über die deutsche Rechtschreibung und Synonyme und natürlich ihre geliebten Romane, viele davon in kyrillischer Schrift, wie man sie heute im Gegensatz zu früher leicht kaufen kann.

Zu allem Unglück traute sich Elena kaum noch auf die Straße. Sie hatte an den Armen, auf der

Brust und sogar im Gesicht stark brennende und gleichzeitig unangenehm juckende rote Pusteln. Der Arzt hielt den Ausschlag für eine Lebensmittelallergie, doch die russische Freundin sah auch für den Hautausschlag die Ursache im Schimmel. Sie probierten unzählige Hausmittel, mit denen sich viele Russen so gut auskennen, doch nichts half. Kein Sud aus Hafer, Mais, Ringelblumen oder Kamille vertrieb die lästigen Pusteln oder brachte wenigstens Linderung.

Schließlich meinte der Arzt, dass der Ausschlag auch seelische Ursachen haben könnte: der Tod des Ehepartners.

Als Mutter vom Schimmel in Elenas Haus erfuhr, bot sie ihr sofort ein Zimmer in ihrer Wohnung an und Elena willigte freudig ein. Seitdem wohnen die beiden Frauen zusammen und verstehen sich bestens.

Die Pusteln heilten nach nur wenigen Wochen ab, sogar Elenas quälende Kopfschmerzen verschwanden.

Kurz nach Elenas Einzug bekam Mutter heftigen Ärger in der Schule, in der sie als Lehrer arbeitete.

Während eines Elternabends diskutierten die Eltern über ein aktuelles politisches Ereignis in der Stadt. Ein Mann war von einem bereits vorbestraften Flüchtling ermordet worden. Daraufhin verlangten die Einwohner öffentlich in einer Demonstration, dass dieser Kriminelle, der der Polizei bereits wegen unzähliger Straftaten bekannt war, endlich verhaftet und in sein Heimatland abgeschoben wird. Daraus machte die Presse eine ganz eigene Geschichte, in der sie die Chemnitzer als rechtsradikal und fremdenfeindlich darstellten. Linke Politiker organisierten Gegendemonstrationen und kostenfreie Straßenkonzerte, zu denen sie aus dem ganzen Land Besucher in die Stadt lockten. Dass die meisten Leute nur wegen der Musik kamen, interessierte die Journalisten nicht, sie hielten weiterhin an ihrer Geschichte fest.

Anfangs hielt sich Mutter aus der Diskussion heraus. Doch als ein Vater einige Eltern massiv beschuldigte, auf der rechten Seite gestanden zu haben und drohte, handgreiflich zu werden, ermahnte sie: „Das ist ein Elternabend und keine politische Veranstaltung. Bitte beherrschen Sie sich!"

„Ich verlange, dass diese Eltern überprüft werden, ob sie möglicherweise AfD-Mitglied sind!", schrie der Mann. „Dann müssten deren Kinder umgehend aus der Schule verwiesen werden."

Die Eltern sprangen von ihren Stühlen auf und sprachen wild gestikulierend durcheinander.

Mutter bat um Ruhe und sagte: „Die AfD ist eine demokratisch gewählte Partei und ein natürliches Gegengewicht zur linksorientierten Seite."

Daraufhin entstand ein derartig heftiger Tumult, dass Mutter den Elternabend abbrach.

Bereits am nächsten Tag beschimpften einige Kinder sie offen als Nazi und störten zum Teil bewusst ihren Unterricht. Schließlich berief der Direktor eine Lehrerkonferenz ein, zu der er die schriftliche Stellungnahme verlas, die er zuvor von Mutter gefordert hatte.

„Chemnitz respektive Karl-Marx-Stadt war schon immer eine Arbeiterstadt und deshalb der kommunistischen Seite zugetan, ebenso die Intellektuellen der Hochschule und natürlich die Lehrer. So wie ich auch. Das hat sich bis heute nicht geändert. Doch für alles gibt es ein natürliches Gegenstück, um das Gleichgewicht zu wahren, in der Natur ebenso wie in der Politik."

Zuerst herrschte betretenes Schweigen, das in verlegenes Stühlerücken überging.

„Du hast nicht alles vorgelesen", sagte Mutter.

„Das muss ich auch nicht."

„Wir haben genug gehört!", meldete sich ein eigentlich recht netter Kollege.

Der Direktor stand auf und sagte: „Wir schätzen dich als gute Kollegin und bedauern die Vorkommnisse, die mich leider zwingen, dich mit sofortiger Wirkung vom Schuldienst zu beurlauben."

Kein einziger ihrer Kollegen meldete sich zu Wort, um Mutter zu verteidigen und zu unterstützen. Das kränkte sie sehr und stürzte sie erneut in ein tiefes seelisches Loch, zumal sie durch den Verlust ihrer Arbeit keine Ablenkung mehr von der allgegenwärtigen Trauer um ihren Mann hatte. Nun ahnte sie, wie sich ihr Mann nach seiner Kündigung gefühlt haben musste. Doch sie nahm sich fest vor, sich nicht so wie er gehenzulassen. Sie hatte zwar ihre Arbeit verloren, dafür aber mehr Freiheit gewonnen.

Das war schwieriger als erwartet, denn zum seelischen Tief kam der gesellschaftliche Absturz, denn ihre Lehrer-Kollegen mieden sie auch privat und luden sie zu keiner Veranstaltung mehr ein. Befreundete Paare hatten sich bereits kurz nach Vaters Tod zurückgezogen. Elena meinte sogar, dass einige glauben, eine Witwe sei auf Männerfang aus.

Besonders ärgerlich war ein Bericht in der Ortszeitung über den „rechtsextremen Vorfall". Mutter wurde mit vollem Namen genannt, doch der Mann, der die ganze Geschichte auf dem Elternabend ins Rollen brachte, blieb anonym. Man zitierte Lehrer, die angeblich bereits seit einiger Zeit Mutters Rechtsorientierung mit

Sorge beobachteten und Schüler, die von einem Ausflug erzählten, bei dem sie einigen Kindern ein Eis spendiert hatte. Vermutlich seien das Kinder von rechtsextremen Eltern gewesen.

Zuerst wollte Mutter empört die Sache richtigstellen. Manche Kinder hätten einfach nur kein Geld dabei gehabt und mit den Lehrern hatte sie sich bis zu dieser unglücklichen Konferenz immer bestens verstanden.

Elena riet ihr davon ab. Sie wusste aus eigener Erfahrung, dass Rechtfertigungen nicht helfen, sondern meist alles noch schlimmer machen.

Außerdem sei eine Beurlaubung weder eine Abmahnung noch eine Kündigung, der Lohn wird weiter gezahlt. Sie müsse maximal mit einer Versetzung an eine andere Schule rechnen. Einen Lehrer zu kündigen ist nahezu unmöglich, da nicht einmal absolute Unfähigkeit eine ausreichende Begründung ist.

Mutter verstand nicht, weshalb jemand, der keinen guten Unterricht macht, weiterhin unterrichten darf, aber jemand, der besonnen auf eine Provokation reagiert, nicht.

Sie hält auch nichts von den aktuellen Freitags-Demonstrationen, bei denen es den Schülern angeblich um eine gesündere Umwelt geht. Sie schwänzen den Unterricht und halten Losungen in die Luft, an die sie offenbar selbst nicht glauben, denn sie fliegen in ferne Länder, lieben schnelle Autos und Kaffee aus Pappbechern, Fertigpizza und ihre Smartphones – nichts davon ist gut für die Umwelt. Auch nicht die vielen leeren Coladosen, die nach der Veranstaltung überall herumliegen.

Elena konnte Mutter damals auffangen und trösten. Die beiden Frauen gingen zusammen ins Kino, ins Theater, schlossen sich einem Literaturzirkel an und lernten in der Volkshochschule Italienisch, denn sie planten eine gemeinsame Urlaubsreise nach Italien.
Mich wundert, dass sie sich so gut verstehen, denn Mutter ist eine in der DDR ausgebildete Lehrerin und glaubt an die atheistische Lehre des Marxismus-Leninismus und agitiert gern, während Elena lieber reagiert. Sie bleibt immer gelassen und gibt nur sehr verhalten Antwort.
Elena gehörte in Sibirien einer strenggläubigen Kirche an. Das Leben in Sibirien war sehr hart, die Winter extrem kalt und die Menschen den Naturgewalten schutzlos ausgeliefert. Deshalb verstehe ich gut, dass Elena Geborgenheit im Glauben suchte. Weil aber viele Pfarrer in ihrer Heimat verhaftet wurden, organisierten die sibirischen Frauen selbst die Zusammenkünfte und hielten ihre eigenen Predigten. Das war alles andere als leicht, weil es weder russische noch

deutsche Bibeln zu kaufen gab.

Später in der DDR konnte Elena ihren Glauben nicht ausleben, da dies weder ihr Mann noch die staatlichen Organe wünschten. Erst nach der Wende schloss sie sich der russisch-orthodoxen Freikirche in der Stadt an, weil sie kein Vertrauen zu den deutschen Kirchen hat.

Ich vertraue den Kirchen ebenfalls nicht, obwohl ich mich mit Kirchen und Glauben nicht auskenne. Dabei hat Chemnitz 28 Kirchen, wovon sich gleich mehrere ganz in der Nähe meiner Wohnung befinden.

Einmal besuchte ich die Stadtkirche direkt neben dem Rathaus. Sie ist die älteste und innen angenehm schlicht. Damals fand ein Orgelkonzert statt. Ein Mann spielte Werke von Bach, Telemann und Vivaldi und eine Frau dazu Cello. Cello ist mein Lieblingsinstrument und ich wünschte, ich hätte gelernt, es zu spielen.

Nach dem Konzert blieb ich unter dem Eindruck der soeben gehörten Musik noch eine Weile stehen. Da hörte ich direkt neben mir einen Mann sagen: „Wer glaubt und sich taufen lässt, wird gerettet; wer aber nicht glaubt, wird verdammt werden."

Entsetzt über diese heftige Drohung schaute ich mich um. Der Sprecher hob mahnend den Zeigefinger und sein Gegenüber nickte eifrig dazu. Ich bin nicht getauft und glaube trotzdem nicht an Verdammung. Ich glaube an vieles nicht, auch nicht an Gott. Ich glaube an die Vernunft und an die Logik. Danach habe ich nie wieder ein Kirche besucht.

Kai

Ich schlage die Bibel auf und lese das vierte Buch Mose, worin alle Männer der Israeliten aufgerufen sind, in den Krieg gegen Ungläubige zu ziehen.

„So tötet nun alles, was männlich ist unter den Kindern, und alle Frauen, die keine Jungfrauen sind; aber alle Mädchen, die unberührt sind, die lasst für euch."

Von solch einem absurden Befehl hatte ich noch niemals zuvor gehört, denn ich kenne das Gebot *Du sollst nicht töten* sehr wohl.

Vielleicht wollte Gott Mose prüfen, wie er auf diese absurde Weisung reagiert. Gespannt lese ich weiter.

Doch Mose berichtet stolz: „Wir vollstreckten den Bann an allen Städten, an Männern, Frauen und Kindern, und ließen niemand übrig bleiben. Nur das Vieh raubten wir für uns."

Mose hatte alles richtig gemacht? Völlig fassungslos begreife ich, dass Gott die Juden nicht nur als auserwähltes Volk sah, sondern sie sogar dazu bestimmte, Andersgläubige zu töten. So entstanden also diese grauenhaften Glaubenskriege, wo sich Völker für berechtigt halten, fremde Länder zu überfallen und zu beherrschen. Vermutlich wäre es besser, es gäbe überhaupt keine Religionen.

Wütend werfe ich die Bibel beiseite, weil ich den Inhalt einfach nicht mehr ertrage. Sie rutscht vom Sofa hinunter auf den Boden. Ich drehe mich zur Wand und ziehe mir die Decke über den Kopf.

*****

„Bumm! Bumm!"

Suchend schaue ich mich um, woher diese Geräusche kommen und sehe, wie zwei Männer große Keulen schwingen und damit gegen Bäume und Häuser schlagen.

„Bumm! Bumm!"

Sie gehen aufeinander zu und ich erkenne Mark und Moritz, die bei jedem Schritt „Bianka!" rufen.

In diesem Moment hebt Mark seine Waffe hoch und zielt direkt auf den Kopf von Moritz.

„Nein!", schreie ich.

Ich will ihm zu Hilfe eilen und laufe los, doch ich komme nicht vorwärts, falle immer wieder in den Schnee und schließlich in eine tiefe Schlucht.

Ich schrecke hoch und finde mich auf meinem Sofa. „Bumm. Bumm", dröhnt es heftig gegen meine Tür.

„Bianka! Mach endlich auf! Ich weiß, dass du da bist."

Erleichtert erkenne ich die Stimme meiner Freundin Kim. Es dauert eine Weile, bis ich mich gesammelt habe und ihr aufmachen kann.

„Was ist denn los?", frage ich ziemlich verstört, den schrecklichen Traum noch im Kopf.

„Lass mich erst einmal rein!", bestimmt sie, schiebt mich beiseite und schlägt die Hände über dem Kopf zusammen.

„Bei dir stinkt´s!"

Ehe ich es verhindern kann, hat sie das Fenster aufgerissen, obwohl es draußen kalt ist.

„Spinnst du?", schreie ich sie an. „Wir haben Winter."

Sie zeigt auf meinen linken Fuß und fragt: „Trainierst du fürs Schilaufen?"

Dieses blöde Gestell sieht tatsächlich aus wie ein Schistiefel, ist aber zum Glück nicht so steif und ich kann damit fast normal gehen.

Prüfend schaut sich Kim um. Dieser tadelnde Blick erinnert mich an Mark und ich zische wütend: „Sag jetzt nichts! Kein Wort!"

„Hier sieht es schlimm aus!", kritisiert sie unge-rührt und zeigt auf die herumliegenden Kleider, das schmutzige Geschirr und die Pizza-schachtel auf dem Tisch. „Ich helfe dir schnell."
Ich habe sie nicht darum gebeten und mag es nicht, wenn jemand in meiner Wohnung herum-werkelt.
„Lass das! Mit dem Geräume nervt mich schon Mark."
„Er will dir nur helfen – wie ich."
„Ich brauche eure Hilfe nicht", fauche ich.
Kim verdreht die Augen.
„Ich bleibe trotzdem, weil ich extra für dich Sekt und Erdbeeren hergeschleppt habe."
Gleichzeitig greift sie in ihre Tasche und holt eine Flasche Metternich und zwei Plastikscha-len mit Deckel heraus.
Nun muss ich lachen, schimpfe aber: „Erd-beeren isst man im Juni und nicht im Februar."
„Ich weiß. Ich weiß nur nicht, wo deine Sekt-gläser stehen. Hol sie mal!"
Sofort gehe ich brav zum Schrank und hole zwei Gläser heraus.
„Und Löffel!", ruft Kim.
Als ich zurückkomme, stehen neben der Sektflasche zwei Schälchen auf dem Couch-tisch, eines mit Erdbeeren und eines mit kleinen Käsewürfeln.
Zufrieden lasse ich mich neben Kim aufs Sofa

fallen und greife nach meinem Glas.

„Wir trinken auf dein Wohl, damit dein Fuß schnell heilt und wir wieder ausgehen können."

Ich nicke und hebe mein Glas in ihre Richtung. Eigentlich habe ich überhaupt keine Lust zum Ausgehen. Ich mag niemanden sehen. Alles geht mir auf die Nerven: Leute, Fernsehen, Computer, Bücher. Nicht einmal Musik mag ich hören, weil ich dann sofort weine. Dabei habe ich überhaupt keine Schmerzen und auch sonst keinen Grund für meine ständigen Tränenausbrüche. Meine kaputten Knochen werden heilen. Es dauert nur so schrecklich lange und Geduld gehört nicht zu meinen Charaktermerkmalen.

Hastig trinke ich mein Glas leer.

„Du hast aber einen Zug drauf!", spottet Kim.

„Na und?"

Kim nimmt kein Blatt vor den Mund und bedauert mich auch nicht. Ich mag das und liebe ihre klaren Ansagen, auch wenn sie mir nicht immer angenehm sind.

Jetzt greift sie erneut in ihre Tasche und zieht eine riesige Nugatstange hervor. Noch während ich ein Dankeschön murmle, reiße ich die Packung auf und beiße hinein. Dabei schließe ich meine Augen und spüre, wie die süße Schokolade in meinem Mund schmilzt. Wunderbar!

„Du liest die Bibel?", fragt sie stirnrunzelnd und zeigt auf das Buch am Boden.

„Was dagegen?"

Kims Gesicht verdüstert sich.

„Gegen die Bibel sind die Horrorgeschichten von Stephen King Kinderkram."

Ich lache, obwohl ich diesen Autor nicht kenne. Vermutlich deshalb, weil ich keinen Horror lese. Dann erzähle ich ihr von Elisabeth, die im Krankenhaus im gleichen Zimmer lag wie ich und mir die Bibel schenkte, damit ich täglich darin lesen soll.

„Hast du das wirklich gemacht?"

Ich nicke.

„Aber warum?"

Weil die Bibel das einzige greifbare Buch neben meinem Bett war, zumindest am Anfang. Doch ich habe keine Lust, ihr meine Bequemlichkeit zu erklären und mag schon gar nicht über den grausigen Mose-Text sprechen, der wohl Stephen King alle Ehre gemacht hätte.

„Warum? Sollte nicht jeder die Bibel gelesen haben?", frage ich recht provokativ.

„Das sagt mein Bruder auch."

„Kai?"

Kim nickt. Ich kenne Kai nur flüchtig und weiß nur, dass er als Kind immer wie ein Schatten an seiner großen Schwester klebte. Wir konnten fast nichts ohne ihn unternehmen.

„Er sagt, es sei das Buch aller Bücher und für jeden Menschen wichtig, es zu kennen."

Viel weiß ich nicht über die Bibel, eigentlich gar nichts bis auf die wenigen Stellen, die ich bisher eher zufällig gelesen habe. Doch immerhin weiß ich, dass es die Heilige Schrift für die Christen ist, also nicht für jene, die an keinen Gott glauben und auch nicht für diejenigen, die andere Götter und Religionen bevorzugen.

„Ich habe meinem Bruder zuliebe angefangen, darin zu lesen. Doch es hat nichts geholfen."

„Wobei denn geholfen?"

„Kai zu verstehen." Kim schaut zur Seite und ich kann nicht erkennen, ob sie traurig oder wütend ist. „Aber es geht nicht."

„Was kannst du nicht verstehen?", frage ich.

Kim seufzt und sucht sichtlich nach Worten.

„Er hat sich verändert."

Na und? Das tun wir alle.

„Er ist plötzlich gläubig geworden."

„Aber das ist doch nicht schlimm!", werfe ich ein. „Jeder kann doch glauben, was und woran er will."

„Das sage ich auch, doch Kai ist davon überzeugt, dass nur sein Glaube der einzig Richtige ist. Das wäre nicht weiter tragisch, wenn er nicht verlangen würde, dass unsere Eltern, Verwandten und seine ehemaligen Freunde das Gleiche glauben sollen", erklärt

Kim wütend.

Bestürzt schüttle ich den Kopf.

„Wir sollen kein Schweinefleisch essen und dürfen weder Weihnachten noch Geburtstage feiern."

„Aber das ist doch Unsinn!", rufe ich aus.

„Natürlich ist das Unsinn. Doch er meint es bitterernst."

Kim erzählt, dass Kai früher mit seiner Familie sehr wohl Weihnachten und sämtliche Geburtstage feierte und mit Appetit Schweinebraten aß.

„Jetzt lehnt er mich und sogar unsere Eltern ab, weil er Andersgläubige nicht einmal grüßen darf."

„Ist er in eine Sekte geraten?", frage ich besorgt.

„Nein", widerspricht Kim. „Er sagt, so steht es in der Bibel."

Nach diesem Text, den ich heute gelesen habe, halte ich so ziemlich alles für möglich. Ich verstehe nur nicht, weshalb Kai sich deshalb von seiner Familie abwendet. Ich warte recht fassungslos ab, dass Kim von allein weitererzählt, was sie schließlich auch tut.

„Alles fing vor knapp zwei Jahren an, als Vater den schweren Schlaganfall hatte."

Erschrocken halte ich mir die Hand vor den Mund.

„Es war ein Samstag, verstehst du?"

Ich schüttle den Kopf.

„Samstag ist Schabbat."

Auch das sagt mir nicht viel.

„Von Sonnenuntergang am Freitag bis Sonnenuntergang am Samstag geht er nicht ans Telefon."

„Soll das heißen …?"

Sie nickt.

„Kai ging nicht ans Telefon, obwohl er Mutters Nummer gesehen haben muss. So erfuhr er erst Tage später, dass sein Vater im Krankenhaus lag. Mutter hätte seine Hilfe dringend gebraucht."

Das kann ich mir gut vorstellen.

„Doch ihm tat es nicht leid. Er schnauzte sie an, weil sie am Schabbat anrief und somit seine Religion nicht respektiert."

Entsetzt schaue ich meine Freundin an, die hilflos mit den Schultern zuckt.

„Wochenlang wussten wir nicht, ob mein Vater überlebt. Mutter hat nur noch geweint."

Mir fällt vieles ein, was ich dazu sagen möchte. Doch ich sehe die Trauer und gleichzeitig Zorn in Kims Augen und sage nichts. Am liebsten würde ich sie jetzt in meine Arme nehmen, doch das geht wegen meiner Verletzungen nicht. Ich kann ihr nur meine rechte Hand auf das Bein legen.

„Wie geht es deinem Vater jetzt?"

Er kann seitdem nicht mehr sprechen und sitzt im Rollstuhl."

Diese Geschichte geht mir sehr nahe und ich kämpfe mit den Tränen.

„Ihr habt also Weihnachten nicht zusammen gefeiert?", frage ich.

„Nein. Er sagt, wer dieses Fest feiert, findet es gut, wenn kleine Babys geopfert werden."

„Wie kommt er darauf?", rufe ich empört aus.

„Er hat mir die Stelle aus der Bibel vorgelesen. Darin geht es um die christliche Tradition in der Weihnachtsgeschichte, worin alle kleinen Jungs in Bethlehem getötet werden sollten."

Ich schüttle den Kopf. Obwohl wir nie mit meinen Eltern in der Kirche waren, ist mir wie aller Welt die Weihnachtsgeschichte über die Geburt des Jesus-Kindes bekannt.

„Seid ihr Weihnachten in die Kirche gegangen?", frage ich.

Kim schaut mich erstaunt an.

„Nein. Wir feierten immer mit der ganzen Familie daheim, stellten unzählige Kerzen, Räuchermännlein und Nussknacker auf. Und zum Vesper gab es Stollen, während sich die Bergpyramide drehte. Meine Mutter nannte es Lichterfest."

„Meine sagte Winterfest, weil dann der Winter beginnt. Wir feierten mit vielen brennenden Kerzen, dass der kürzeste Tag und die längste

Nacht vorüber sind. Früher gab es schließlich keinen Strom. Auch im gesamten Monat vor dem Fest, also im Advent, verbrauchte man viele Kerzen wegen der dunklen Zeit. Danach stieg die Sonne wieder höher und es wurde durch den Schnee ohnehin heller."

„So war es bei uns auch. Doch Kai will davon nichts mehr wissen. Er stellt keine Kerzen auf und auch keinen Schwibbogen ins Fenster."

Das gehört zwar zu unserer Tradition im Erzgebirge, doch nicht jeder mag es. Wirklich schlimm finde ich nur, dass Kai das gesamte Familienfest ablehnt.

„Kai kritisierte, dass ich nur eine alte deutsche Bibel besitze. Er empfahl mir, die englische Originalausgabe zu lesen."

„Das Original ist auf Englisch?", wundere ich mich.

Kim lächelt verschmitzt.

„Als ich ihm sagte, dass mir der Text schon in Deutsch zu verworren ist und ich sie schon gar nicht in Englisch lesen wollte, nannte er mich eine dumme Gans."

„Und was hast du dann gemacht?"

„Mich geärgert natürlich."

Ich ärgere mich ebenfalls und zwar über Kims Antwort. So hatte ich meine Frage nicht gemeint und das weiß sie auch. Deshalb schweige ich verstimmt.

„Ich habe mich im Internet informiert. Die erste Bibel wurde vor mehr als fünftausend Jahren auf Hebräisch auf Pergament geschrieben, das Neue Testament später auf Griechisch. Die erste deutsche Bibel war eine Übersetzung aus dem Lateinischen, ins Englische wurde sie erst gut hundert Jahre später übersetzt. Kai hat also Unrecht, was mich direkt ein wenig schadenfroh macht."

Einen Vortrag über die Sprachen der Bibel wollte ich jetzt nicht hören, obwohl ich zugeben muss, dass die Geschichte interessant ist.

„Natürlich habe ich auch nach der Weihnachtsgeschichte gegoogelt."

Kim macht ein geheimnisvolles Gesicht. Ich mag so etwas nicht. Sie soll sagen, was sie zu sagen hat und mich weder warten noch raten lassen. Missmutig gieße ich uns Sekt nach.

„Jesus wurde gar nicht am 24. Dezember geboren!" Triumphierend schaut sie mich an und prostet mir zu. „Historiker beweisen, dass die Geburt im Oktober stattfand. Die Kirche wollte nur nicht, dass das heidnische Lichterfest gefeiert wird. Also erfanden sie eine eigene Zeremonie und verbreiteten sie in der ganzen Welt. Und heute glauben die meisten Menschen, dass das Weihnachtsfest die Geburt Jesu wäre."

Das finde ich jetzt höchst seltsam. Gleichzeitig bewundere ich die enorme Leistung der Missionare, mit dieser Geschichte eine ganze Welt getäuscht zu haben und sogar jetzt im Zeitalter von Internet und Google immer noch zu täuschen.

„Wir vermissen Kai auf jedem Familienfest. Nichts ist mehr so wie früher. Dass er mich nicht mag, kann ich inzwischen verschmerzen. Doch dass er nicht einmal unsere Mutter besucht oder wenigstens anruft, verzeihe ich ihm nicht." Kim schaut mich gequält an. „Anfangs sprachen wir viel über Kai. So war er auf diese Art bei uns. Doch irgendwann hörten wir damit auf."

Das verstehe ich. Mit der Zeit tut es nur noch weh, ohne irgend etwas zu nützen. Kims Eltern kenne ich gut und halte sie für sanfte und sehr liebenswerte Menschen. Es ist schier unmöglich, sie nicht zu mögen.

„Wo wohnt er eigentlich?", frage ich, um das Thema etwas zu mildern.

„Am Luisenplatz, also ganz in der Nähe unserer Eltern."

„Oje!", rufe ich aus. „Dann geht eure Mutter täglich an seinem Haus vorüber, schaut zu seinem Fenster hinauf und hofft, ihn zufällig zu sehen."

„Da gibt es nichts zu sehen", sagt Kim patzig. „Er hat sämtliche Fenster derart blickdicht zugehangen, dass man nicht einmal am Abend sieht, ob in seiner Wohnung Licht brennt."

Kim erklärt mir, dass das Abdichten der Fenster zu seiner Religion gehört.

„Hast du ihn mal besucht?", will ich wissen.

Sie nickt.

„Ganz am Anfang, als er neu in die Wohnung eingezogen ist." Sie breitet ihre Arme aus. „Stell dir vor, er hat mich nicht herein gebeten, weil er zu tun hätte und seine Geschäfte nicht warten könnten."

Kim lacht. Es ist ein bitteres Lachen. Ich überlege, was ich machen würde, wenn mir mein Bruder die Tür vor der Nase zuschlägt.

„Ich habe mich gerächt", sagt sie triumphierend.

Gespannt schaue ich sie an.

„Ich habe ihm einen Zettel mit einem passenden Satz in den Briefkasten gesteckt."

„Was für einen Satz? Nun rede schon!", fahre ich sie an.

„Wenn jemand spricht: Ich liebe Gott, und hasst seinen Bruder, der ist ein Lügner. Denn wer seinen Bruder nicht liebt, den er sieht, der kann nicht Gott lieben, den er nicht sieht."

Darüber kichern wir, bis mir der Bauch vor Lachen weh tut.

Kim

„Glaubst du eigentlich an Sternzeichen?", frage ich.

„Wie kommst du darauf?", wundert sich Kim.

„Im Krankenhaus lag eine mit in meinem Zimmer, die daran glaubt."

„Die mit der Bibel?"

„Nein, eine andere. Sie heißt Melanie. Sie hat zu mir gesagt, dass Mark nicht zu mir passt."

„Kennt sie ihn?"

„Nein. Ja. Nein."

„Was denn nun: Ja oder nein?"

„Gesehen hat sie ihn, als er mich besuchte." Wütend ergänze ich: „Angehimmelt hat sie ihn!"

Kim lacht, was mich noch wütender macht. Ich überlege, ob ich überhaupt weitersprechen soll. Doch ich muss mit jemanden reden und Kim ist meine beste Freundin.

„Melanie sagt, von den Sternzeichen her passen wir nicht zusammen, weil Mark Jungfrau ist und ich Wassermann."

Kim amüsiert sich köstlich darüber, dass Mark eine Jungfrau ist und macht alberne Witze darüber, über die ich nicht lachen kann.

„Mark ist eine Jung*frau* und du ein Wasser-*mann*. Frau und Mann, also passt es. Nur eben seitenverkehrt", kichert sie.

Sicher hat sie längst einen Schwips vom Sekt.

„Du willst also Mark in die Tonne kloppen", fasst sie zusammen.

„Nein! Natürlich nicht."

Vermutlich klinge ich nicht sehr überzeugend, denn sie sagt: „Aber du denkst darüber nach."

„Über Mark denke ich nicht nach, nur über Melanie und ihre Sternzeichen."

„Das ist doch alles Humbug", winkt sie ab.

„Das dachte ich auch. Aber ich habe im Internet gelesen, dass Melanie Recht hat."

Um es zu beweisen, klappe ich meinen Laptop auf und gebe *Partnerhoroskop Wassermann-Junfrau* ein.

„Hier steht: Vor allem bei Alltagsfragen kann es zum Streit kommen. Ordnungssinn und genaue Planung sind der Jungfrau in ihrem blitzblanken Zuhause wichtig. Der Wassermann dagegen empfindet selbst harmlose Bemerkungen übers Aufräumen als eingrenzend. Wenn er mal seine Socken liegen lässt, kann das die Jungfrau beinahe in den Wahnsinn treiben."

Kim lässt sich kichernd nach hinten fallen und strampelt vergnügt mit den Beinen wie ein kleines Kind.

„Ich lach mich kaputt!", kreischt sie.

Ich lache nicht, denn genau dies ist das Hauptproblem in unserer Beziehung, weshalb wir niemals zusammenleben könnten.

„Jetzt siehst du selbst, dass Melanie mit ihrem *Humbug* gar nicht so falsch liegt."

„Naja, der Burner ist Mark nicht."

„Wie meinst du das?", frage ich.

Dabei weiß ich ganz genau, wie sie das meint. Und ich weiß auch, dass sie Recht hat. Moritz dagegen wäre ein echter Kracher. Aber Moritz ist nicht hier und steht nicht zur Verfügung. Ich kenne ihn nicht, aber ich möchte ihn liebend gern kennenlernen, obwohl ich das Gefühl habe, ihn längst zu kennen. Ich weiß, dass ich mir das nur einbilde oder wünsche. Doch sogar Mutter sagte, dass es Leute gibt, die man von der ersten Sekunde an genau zu kennen glaubt.

Jetzt wäre der richtige Zeitpunkt, von Moritz zu erzählen. Kim erzähle ich eigentlich alles. Im Moment erzählt allerdings sie und schnattert ohne Pause, dass Mark so ein pingeliger Typ wäre, ein Langweiler, mit dem ich nicht einmal zusammen wohnen möchte.

Ich möchte überhaupt mit niemandem zusammen wohnen. Mit Moritz auch nicht? In mir kribbelt es. In den Füßen, im Bauch, auf dem Rücken und im Kopf. Verlegen rubble ich durch meine Haare.

„Kim!" Ich klopfe mit meiner Hand auf ihr Bein

und flüstere: „Ich habe mich verliebt!"

Nun ist es raus.

Sie packt mich derart derb an meinen Armen, dass ich aufschreie.

„He! Meine Schulter! Meine Hand! Pass doch auf!"

„Du bist verliebt? In wen denn?", kreischt sie.

„Moritz. Er heißt Moritz."

„Max und Moritz. Mark und Moritz", trällert sie.

Ich könnte ihr eine klatschen und stopfe mir die restlichen Käsestückchen in den Mund. Der Sekt ist leergetrunken und ich überlege, ob ich noch eine Flasche Wein spendieren soll. Aber ich habe keine Lust, aufzustehen. Außerdem verstärkt der Alkohol meine ohnehin schlechte Laune.

„Nun erzähle schon!", fordert Kim energisch.

Schließlich berichte ich ausführlich, wie Moritz mich aus dem Abgrund gerettet hat und mir seitdem seine wunderschönen braunen Augen nicht mehr aus dem Kopf gehen. Nicht nur seine Augen, der ganze Mann schwirrt ständig durch meine Gedanken.

„Habt ihr euch geküsst?"

Ich schüttle den Kopf.

„Keine zwanzig Worte gewechselt und schon gar keine privaten", gestehe ich seufzend.

„Und du bist trotzdem in ihn verknallt?"

Was soll ich dazu sagen? Ich begreife es selbst

nicht. Trotzdem möchte ich, dass er mich in den Arm nimmt, dass er mich küsst. Ich sehne mich nach seinem Körper und will wissen, wie er sich anfühlt. Unbedingt!

„Hat er eine Freundin?", fragt Kim.

Eine Freundin? Ich merke, wie meine Wangen plötzlich glühen, weil ich keine Ahnung habe, ob er überhaupt frei ist. Ich könnte heulen und zucke nur matt mit der Schulter.

„Das weißt du nicht?"

Ich schüttle den Kopf.

„Wie blöd bist du eigentlich?", kreischt sie und lacht dabei.

„Gar nichts weiß ich von ihm, nur seinen Namen und dass er wunderschöne braune Augen hat."

„Dir gefallen seine Augen und schon ist der ganze Mann toll. Ist das nicht ein wenig zu wenig? Hast du wenigstens seine Nummer?"

Sofort strahle ich meine Freundin an.

„Dann ruf ihn an und frage, ob er vergeben ist! Lade ihn zu deinem Geburtstag ein. Zwischen all deinen Freunden und der Familie merkst du schnell, ob es passt."

Daran hatte ich noch gar nicht gedacht. In einer Woche werde ich 27 Jahre alt. Doch so weit wird Moritz nicht fahren wollen wegen einer Fete.

„Er wohnt in Innsbruck", sage ich ziemlich

172

geknickt.

„Waaas?", schreit Kim. „Ein Ösi?"

„Was dagegen?"; fahre ich sie an.

„Vergiss es! Für eine feste Freundin ist ein Mann vielleicht verrückt genug, so viele Kilometer zu fahren. Aber doch nicht, wenn ihr euch überhaupt nicht kennt!" Sie schlägt mir mit der flachen Hand auf den Schenkel, blinzelt mich an und sagt: „Es sei denn, er ist genauso in dich verknallt wie du in ihn."

Das kann ich mir nicht vorstellen. Vorstellen schon, doch wirklich glauben kann ich es nicht. Absurde Schwärmerei passt gar nicht zu mir. Und doch schwirrt mir Moritz rund um die Uhr durch den Kopf.

„Ich will ihn kennenlernen!", verkündet sie.

Das will ich auch. Oder auch nicht. Ich weiß es selbst nicht.

„Du bist viel zu pragmatisch", stellt sie fest. „Verliebt sein ist schön!"

Das kann ich im Moment nicht nachvollziehen, denn mir bereitet dieses Gefühl Bauchschmerzen. Ständig muss ich an Moritz denken und kann mich auf nichts anderes konzentrieren. Ich habe nicht einmal Lust, etwas zu denken, was sich nicht um Moritz dreht. Das ist alles andere als schön.

„Und wenn die Liebe vorbei ist?", frage ich.

„Dann ist sie eben vorbei. Dann trennt man sich

und verliebt sich neu."

Nein, das ist nichts für mich. Wenn ich mich einmal entschieden habe, bleibe ich dabei. Und ich habe mich für Mark entschieden. Dabei bleibt es. Das sage ich meiner Freundin und zwar deutlich.

„Also ich bin lieber vier Wochen glücklich und verliebt, als dass ich vier Jahre mit einem Langweiler lebe wie du mit Mark."

Mir fallen unzählige Antworten gleichzeitig ein, eine garstiger als die andere. Schließlich kann man einen Menschen nicht einfach vor die Tür stellen wie einen ausgedienten Küchenstuhl.

„Ich muss los!", sagt sie unvermittelt, steht auf und wirft die zwei leeren Plastikdosen in ihre Tasche. „Wie gesagt: Ruf ihn an!"

Das sagt sie so leicht. Ich laufe niemandem nach. Moritz auch nicht. Allerdings weiß er nicht, wie sehr ich an ihn denke. Das muss er auch nicht. Andererseits hat er mich angerufen. Doch vielleicht macht er das bei allen, die er gerettet hat. Es interessiert ihn vielleicht beruflich oder er muss einen Bericht darüber schreiben, wie die gerettete Person mit ihrem neuen Leben zurecht kommt. Sicher will er sich allein deshalb wieder bei mir melden. Leider hat er das bis jetzt nicht getan. Sagte er nicht, dass er zu mir käme, wenn ich nicht hinaus könnte?

Das wird nur so ein alberner Spruch sein, der nichts bedeutet. Kim hält für möglich, dass er sich in mich verliebt hat. Vielleicht hat sie Recht, denn so, wie Moritz mich anschaute, hat mich Mark noch niemals angeschaut. Doch vielleicht bilde ich mir diesen innigen Blick nur ein.

Missmutig starre ich auf meinen Bildschirm, gebe *Partnerhoroskop Wassermann-Schütze* ein und lese:
Jeder findet den anderen interessant und spannend. Beide Sternzeichen haben den gleichen Geschmack und verbringen deshalb gern Zeit miteinander. Beide mögen auch Reisen.

Mark reist überhaupt nicht gern, schon gar nicht in fremde Länder. Interessant und spannend ist er ebenfalls nicht. Außerdem hat er einen ganz anderen Geschmack als ich.

Vielleicht hat Kim Recht und ich sollte Moritz einfach anrufen. Zumindest weiß ich dann, ob es sinnvoll ist, weiter von ihm zu träumen.

*****

Kim kenne ich seit mehr als zehn Jahren. Sie kam in meine Klasse, als ich gerade überlegte, die Schule abzubrechen. Mir fiel das Lernen zwar leicht, doch ich hatte keine Lust dazu und kam mit einigen Lehrer nicht zurecht oder sie nicht mit mir.

Auch Kim hatte Probleme. Sie kam von der Sportschule und wirkte auf Schüler und Lehrer leicht überheblich und zudem großmäulig, weil sie schon am ersten Tag mit ihren sportlichen Erfolgen und Medaillen prahlte. Doch da sie ein Jahr älter war als wir, glaubten wir ihr diese Erfolge nicht, sondern gingen davon aus, dass sie zurückgestuft wurde und nicht mehr zur bevorzugten Leistungsgruppe gehörte.

Ich merkte allerdings schnell, dass sich hinter ihrer übertriebenen Arroganz großer Kummer verbarg. Außerdem war ich selbst ein Außenseiter und fühlte mich wohl deshalb zu ihr hingezogen.

Irgendwann erzählte mir Kim, dass sie zu den Besten ihrer Altersstufe in der Leichtathletik gehörte. Doch im letzten Jahr musste sie gleich drei Mal operiert werden. Zuerst überdehnten sich sich die Bänder am Fußknöchel, was nach nur wenigen Tagen ausgeheilt war. Kurz darauf rissen Bänder am Außenknöchel, weshalb sie ein halbes Jahr nicht trainieren konnte. Bereits in den ersten Trainingstagen riss das Kreuzband und sie verdrehte sich das linke Knie.

Während sie im Krankenhaus lag, meldeten ihre Eltern sie in der Sportschule ab, weil nicht einmal ein weltweiter Erfolg es wert ist, sich die Gesundheit zu ruinieren.

Doch Kim war darüber nicht froh, sondern stürzte in ein tiefes Loch, in schwere Depressionen. Zuerst glaubten die Eltern und Ärzte, es sei nur eine Art Verstimmung, eine Traurigkeit, die schnell vergeht. Doch Kim sah überhaupt keinen Sinn mehr in ihrem Leben, das bis dahin komplett auf Sport ausgerichtet war. Sie wollte Weltmeister werden und konnte sich nicht von diesem Plan verabschieden. Sie war sich sicher, dass ihr in ihrem ganzen Leben nie wieder irgend etwas Freude bereiten würde, fühlte sich wertlos und sehr einsam. Von ihren Eltern glaubte sie sich verraten und wollte sie nicht sehen, auch die alten Schulfreunde nicht, die von ihren sportlichen Erfolgen erzählten. Sie hasste ihren Körper, der ihrer Meinung nach zu nichts mehr nützte und verweigerte schließlich das Essen. Als sie sichtlich abmagerte, bekam sie Antidepressiva, die die Schaltkreise ihres Gehirns und Bereiche des Nervensystems beeinflussten und bereits nach einigen Wochen wirkten.

Ganz langsam fand Kim aus ihrem schwarzen Abgrund heraus und ging bald wieder zur Schule. Zwar hatte sie inzwischen ein ganzes

Jahr verloren, doch sie freute sich, wieder gesund zu sein.

Und sie ist seitdem meine beste Freundin, obwohl sie sich meist recht ungeniert benimmt und schrecklich unbeirrbar ist.
Sie hätte Moritz längst angerufen und ihn gefragt, ob er eine Freundin hat. Das gehört sich meiner Meinung nach nicht. Was soll ich ihm antworten, wenn er wissen will, warum ich anrufe? Dass ich mich nach ihm sehne?
Morgen hätte ich etwas zu erzählen, denn morgen habe ich meine erste Physiotherapie.

Nicole

Natürlich wollte mich Mark zum Physio-Zentrum fahren. Doch ich weiß nicht, wie lange solch eine Behandlung dauert und auch nicht, ob ich vorher lange warten muss. Man hört so vieles von ewigen Wartezeiten bei Ärzten. Damit kenne ich mich nicht aus, da ich bisher nur beim Zahnarzt war. Erkältungen verschwinden von allein wieder und ernsthaft krank war ich noch nie.
Zuerst wolle ich ein Taxi bestellen, überlegte es mir jedoch anders, weil die Praxis nur eine Viertelstunde Fußweg durch den Park entfernt

liegt. Das müsste zu schaffen sein, wenn ich langsam gehe und meinen Stock benutze. Ich war schon lange nicht mehr draußen und freue mich auf diesen Spaziergang an diesem wunderschönen sonnigen Wintertag.

Die hässliche Jogginghose muss ich anlassen, weil ich mit meinem dicken Fuß noch immer nicht in meine enge Jeans komme. Mein knallroter Pulli wird die Blicke der Leute von der blöden Hose ablenken. Dazu trage ich einen weinroten Schal, den Anorak und meine bunte Lieblingsmütze. Handschuhe brauche ich nicht, denn der eine nützt mir ohnehin nicht viel. Während dieser wenigen Minuten durch den Park wird mein Fuß nicht gleich erfrieren. Ich bin ohnehin nicht kälteempfindlich.

Ich schlüpfe in meinen Anorak und will ihn schließen. Doch der Reißverschluss verhakt sich und klemmt im Stoff fest. Ich lehne die Krücke gegen die Wand und zerre mit der rechten Hand den Haken vor und zurück, doch er bewegt sich nicht. Aufgeben mag ich nicht, doch mir tut inzwischen die Schulter weh. Mir fehlt einfach die Kraft oder das Geschick oder beides. Vor Wut über mein Unvermögen steigen mir die Tränen in die Augen. Ich werfe den Stock in die Ecke und versuche, mich aus dem Anorak zu befreien. Meine schmerzende Schulter würde ich am liebsten gleich mit in die

Ecke werfen und die linke, immer noch verbundene Hand dazu. Endlich lässt sich der Anorak über die gesunde Schulter nach unten streifen, danach über die andere und fällt schließlich auf den Boden. Wütend trete ich mit dem gesunden Fuß nach der Jacke und wäre fast umgefallen. Immer vergesse ich, dass ich eigentlich gar nichts allein kann. Mir läuft der Schweiß den Rücken hinunter. Und zwar vor Zorn auf mich selbst und meine blöde Situation. Nun muss ich zurück zum Schrank und meinen Mantel hervor kramen. Den mag ich gar nicht. Er ist so schwer und unpraktisch, doch immerhin lang genug, um die dünne Jogginghose etwas zu verdecken. Zum Glück hat er keinen Reißverschluss, sondern Knöpfe. Es dauert allerdings viel länger als gedacht, bis ich alle fünf zugefummelt habe. Ich werde zu spät kommen!

Draußen vor der Haustür bleibe ich erst einmal einen Moment stehen. Es ist kalt, doch es weht kein Wind. Die Sonne scheint und lässt den Schnee wundervoll glitzern. Das bessert sofort meine Laune und ich weiß auf einmal wieder, wie sehr ich den Winter mag. Die Zweige des Lebensbaums neben dem Hauseingang stehen nicht wie sonst kerzengerade, sondern liegen vom Schnee flachgedrückt auf der Wiese. Ich frage mich, ob sich die Äste wieder aufrichten, wenn sie schneefrei sind.

Auf der anderen Straßenseite beginnt der Park. Schon bei den ersten Schritten über die Straße rutsche ich, denn unter der dünnen Schneedecke ist blankes Eis. Damit habe ich nicht gerechnet. Ob ich nicht doch ein Taxi rufen sollte? Nein, das wäre albern für den kurzen Weg.

Der Park ist tief verschneit. Bäume, Sträucher und Wege sind weiß. Normalerweise freue ich mich über Schnee direkt übermäßig, doch auf einmal befällt mich ein ungutes Gefühl. Außerdem ist mein linker Fuß schon kalt und nass. Was habe ich mir nur dabei gedacht, im bloßen Strumpf in der Schiene loszustiefeln. Stiefel. Das wäre jetzt erheblich besser, sicherer und wärmer. Diese Plastikschiene sieht zwar aus wie in ein warmer Schistiefel, doch unter dem Fuß ist nur eine Art Stöpsel oder Knubbel, der im Schnee versinkt.

Mitten auf dem Weg liegt ein dicker Ast, den die Schneelast abgebrochen hat. Mehrere Fußspuren führen um ihn herum. Ich folge den Spuren und kann das Hindernis relativ leicht umgehen, obwohl ich einige Schritte in den Wald machen muss.

Plötzlich kracht es hinter mir. Ich zucke zusammen und drehe mich abrupt um. Ein ganzer

Baumwipfel stürzt von oben direkt auf den Weg, keine drei Meter hinter mir. Im gleichen Moment falle ich.

Ich liege im Schnee und weine. Meine Augen sind geschlossen. Ich weiß auch so, dass alles um mich herum weiß ist. Ich will dieses viele Weiß nicht mehr sehen. Ich ertrage es nicht. Ich hasse es!

Nimm dich zusammen und stehe auf, rede ich mir zu.

Ich weiß, dass mir hier nichts passieren kann. Ich liege im Park und hänge nicht im Baum über dem tiefen Abgrund. Und doch fühle ich mich ganz genauso und fürchte, abzustürzen. Ich wage nicht, mich zu bewegen. Ich kann einfach nicht. Es ist lächerlich, aber ich kann nicht. Ich will auch nicht mehr können. Ich will nach Hause auf mein Sofa.

„Hallo!", höre ich eine leise Stimme und merke, wie mir jemand sanft auf die Schulter tippt. „Können Sie sich bewegen? Haben Sie Schmerzen? Darf ich Ihnen aufhelfen?"

Nein. Nein. Ja. Laut antworte ich das nicht, es könnten noch mehr Fragen kommen. Außerdem gehört die Stimme einer Frau. Ich will aber von einem Mann gerettet werden. Von Moritz! Wo bleibt er nur? Er wollte mich anrufen. Er wird nicht anrufen, weil ich es vermasselt habe.

„Hallo!", wiederholt die Stimme.

Mir ist kalt und mir wird bewusst, dass ich im Schnee liege, weil ich gestürzt bin.

„Warten Sie!", ruft ein Mann. „Ich helfe Ihnen."

Aber es ist nicht die Stimme von Moritz. Und schon muss ich wieder weinen.

„Glauben Sie, dass Sie aufstehen können?"

Ich will mit dem Kopf schütteln und merke, dass mein Gesicht noch immer im Schnee liegt und meine Augen geschlossen sind. Wenn ich aufstehen könnte, hätte ich das längst getan, denke ich wütend.

Zwei kräftige Hände drücken sich in meine Achseln und drehen mich auf die Seite. Zum Glück auf die rechte. Nun tut zwar meine Schulter höllisch weh, aber die linke Hand ist frei. Etwas ängstlich drehe ich meinen Kopf nach oben, öffne meine Augen und blinzle. Zwei schwarze Schatten beugen sich vor die Sonne.

Ich versuche zu lächeln und sage: „Ich muss ins Physio-Zentrum."

„Das ist nicht weit. Meinen Sie, wir schaffen das? Oder soll ich eine Krankentrage rufen?"

Ich weiß es nicht und horche in mich hinein. Eigentlich tut mir nichts besonders schlimm weh. Es sind nur die altbekannten Schmerzen, nichts Neues und auch nichts heftiger hinzu gekommen.

„Ich glaube, ich kann laufen", sage ich etwas unsicher.

„Gut. Ich helfe Ihnen auf."

Wieder packt mich der Mann fest unter den Achseln und zieht mich mit einem Ruck nach oben. Er lässt nicht los, als ich stehe, sondern hält mich weiter fest, so dass ich meinen linken Fuß nicht belasten muss. Sofort fühle ich mich sicher. Die Frau reicht mir meinen Stock.

„Haben Sie keine Tasche?"

Ich schüttle den Kopf. Der Schlüssel befindet sich im Mantel. Automatisch taste ich danach. Doch wo ist mein Geldbeutel mit der Krankenkarte und der Überweisung zur Physiotherapie? Siedend heiß fällt mir ein, dass beides im Anorak steckt, der auf dem Flurboden liegt. Und schon weine ich wieder. Die Frau reicht mir ein Taschentuch, doch ich kann es nicht greifen. Ich komme mir so unnütz und hilflos vor. Dabei wird mir gerade geholfen.

„Meine Karte! Meine Karte ist weg!"; jammere ich.

Sofort bückt sich die Frau und wühlt im Schnee. Es dauert eine Weile, bis ich kapiere, dass sie meine Karte sucht.

„Nein, hier liegt sie nicht. Ich habe meine Krankenkarte daheim liegen lassen. Ohne Karte werde ich nicht behandelt. Ich muss nach Hause."

Meine ganze Mühe mit dem Anorak und der Weg durch den Schnee waren völlig vergebens. Ich kann nicht mehr aufhören zu weinen.

„Trotzdem bringen wir sie jetzt ins Physio-Zentrum. Dort wird man sich um sie kümmern."

Das glaube ich nicht und weine heftiger.

„Alles wird gut", versucht die Frau, mich zu trösten.

„Sind Sie versichert?", fragt der Mann.

Ich nicke.

„Dann sind Ihre Daten gespeichert und Sie können die Versichertenkarte nachreichen."

Bei der Anmeldung gibt es tatsächlich keine Probleme, denn meine Daten finden sich schnell im Computer. Eine nette Schwester begleitet mich in einen Warteraum.

„Wie sehen Sie denn aus!", begrüßt mich eine Frau mittleren Alters. „Die Arztpraxen sind oben im ersten Stock."

Ich sage der Dame, dass ich genau hier einen Termin habe und nur auf dem Weg hierher in den Schnee gestürzt bin.

„Sie hätten mit der Taxe kommen sollen! Zahlt alles die Kasse."

Dass die Kasse zahlt, wusste ich nicht. Doch die zehn Euro für die kurze Fahrt hierher hätte ich ohnehin selbst gezahlt, wenn ich hätte fahren wollen. Doch ich wollte nicht fahren. Ich wollte laufen. Endlich laufen! Und jetzt habe ich den Salat. Hoffentlich ist beim Sturz nichts kaputt gegangen, was in Österreich so mühevoll repariert wurde.

„Ich bin die Nicole", sagt die Frau und plappert weiter. „Ich mach ja viel mit hier im Haus."

Hoffentlich erzählt sie mir jetzt keine lange Krankengeschichte.

„Man kann zum Beispiel schwimmen. Die geben sogar Kurse zur Ernährung. Alles kostenfrei. Und Massagen."

„Brauchen Sie das alles?", frage ich mitfühlend und mustere die Frau. Sie wirkt eigentlich gesund und unverletzt auf mich.

„Brauchen? Ich sagte doch, dass es nichts kostet. Ich will sicher gehen. Wissen Sie, ich lasse mich regelmäßig untersuchen und nutze jede Vorsorge. Allerdings nur die, die die Kasse zahlt. Die anderen sind reine Geldschneiderei."

So langsam wird mir klar, dass Nicole zu den Menschen gehört, die alles mitnehmen, was man ohne Geld bekommen kann. Das halte ich moralisch für recht bedenklich.

Sofort ist mir Nicole unsympathisch. Ich mag keine Nutznießer, die einen Vorteil aus etwas ziehen, was eine andere Person erarbeitet bzw. bezahlt hat. Damit sie mir nicht noch mehr davon erzählt, wobei man kostenfrei etwas nutzen kann, ziehe ich mein Handy aus der

Hose und wähle Marks Nummer.

„Ich sitze im Physio-Zentrum. Könntest du mich später hier abholen?"

„Bist du wie besprochen mit dem Taxi gefahren?"

Wenn ich jetzt Ja sage, lüge ich. Sage ich die Wahrheit, meckert er.

„Das erzähle ich dir später. Hast du noch meinen Schlüssel?"

„Ja. Brauchst du etwas aus der Wohnung?"

Eigentlich wollte ich ihn bitten, mir die Versicherungskarte zu bringen. Doch mir ist rechtzeitig eingefallen, dass sie im Anorak steckt und der liegt mitten im Flur. Das müsste ich ihm erst erklären und er hätte wieder einen Grund zum Schimpfen. Nein, die Schwester sagte, dass ich die Karte beim nächsten Termin nachreichen kann.

„Nein, eigentlich brauche ich nichts. Ich würde mich nur freuen, wenn du mich abholst."

Für das Taxi hätte ich kein Geld, weil das ebenfalls daheim im Anorak steckt.

„Natürlich komme ich, ich kann das einrichten. In einer Stunde bin ich bei dir. Reicht das?"

„Perfekt."

Schnell beende ich das Gespräch. Und schon plappert Nicole wieder auf mich ein.

„Lassen Sie sich Massagen verschreiben! Oder Walken. Geht das mit Ihrem Bein?"

Ich schüttle den Kopf und denke an die Gruppen, denen ich immer im Park begegne. Sie haben zwei lange Stöcke wie Schifahrer in den Händen und schreiten lustig voran. Nein, das wäre für mich kein Vergnügen. Ich brauche richtigen Sport und hoffe, bald wieder mit meinem Schwimmtraining anfangen zu können. Schwimmen darf ich sicher eher als Laufen.

„Heute bin ich zum Aquatraining hier. Außerdem mache ich Yoga. Das Problem ist, dass die Kasse nur zweimal pro Jahr zehn Stunden zahlt. Da muss man geschickt wählen. Zum Glück gibt es genügend Angebote."

Zum Glück werde ich endlich aufgerufen.

Die Therapie ist angenehmer als gedacht, weil sämtliche Übungen recht sanft gestalten. Zuerst massiert der Mann meinen Fuß. Dann soll ich meine Zehen bewegen, auf und nieder, auf und nieder. Zum Schluss trete ich in eine Schale voller kleiner flacher Steine.

Der Therapeut rät mir zu einer abnehmbaren Beinschiene. Das sei nicht nur bequemer für mich, sondern würde die Heilung sogar verkürzen, weil ich damit beweglicher bin und daheim einige Übungen selbst machen kann wie Massagen mit einem Igelball, auf Zehenspitzen wippen und Ausfallschritte üben.

„Wie komme ich zu solch einer Schiene?"

„Die verschreibt Ihnen Ihr Arzt."

Ich frage nicht, ob er meinen Hausarzt meint, weil mich schon wieder ärgert, dass ich mich um Dinge kümmern muss, von denen ich keine Ahnung habe. Warum hat mir das der Chirurg im Krankenhaus nicht erklärt oder gleich solch eine abnehmbare Beinschiene mitgegeben?

Mark sammelt meinen Anorak auf und schaut mich mit hochgezogenen Brauen an. Mahnend. Ich habe keine Lust, ihm vom Reißverschluss zu erzählen und humple zum Sofa, auf das ich mich sofort fallen lasse. Mir war dieser Nachmittag einfach zu anstrengend. Am liebsten hätte ich jetzt meine Ruhe. In Marks Gegenwart halte ich meine Tränen zurück, die schon wieder gegen meine Augen drücken. Ich verstehe nicht, warum ich nach wie vor ständig weinen muss. Mark würde es noch weniger verstehen und mich nach dem Grund fragen. Dabei gibt es keinen Grund. Jedenfalls keinen, den ich Mark oder wenigstens mir selbst erklären könnte.

Er setzt sich neben mich und fummelt am Reißverschluss. Es dauert eine Weile, bis er den Stoff aus dem Haken ziehen kann. Sofort steht er auf und hängt den Anorak an die Garderobe.

Um seinen Fragen zuvor zu kommen, erzähle ich empört von Nicole.

„Solche moralisch abgestürzten Leute kenne ich auch", sagt er.

Erstaunt schaue ich ihn an, denn von einem moralischem Absturz habe ich noch nie zuvor gehört.

„Die meisten Leute, die eine Brille brauchen, fragen zuerst nach kostenfreien Angeboten. So etwas haben wir natürlich nicht. Danach erkundigen sie sich nach Sonderangeboten und Rabatten. Zum Schluss muss ich mir anhören, dass es im Internet viel bessere Gestelle und Angebote gibt und werde gefragt, weshalb es bei uns so teuer ist."

Ich bin mir sicher, dass Mark übertreibt. Wer keine Beratung beim Optiker braucht, kann seine Brille im Internet bestellen, wenn er mag. Solch ein Verhalten halte auch ich für moralisch bedenklich.

„Außer den Patienten können ebenso die Mediziner moralisch abstürzen, indem sie mehr Untersuchungen verordnen als notwendig. Damit lasten sie ihre technischen Geräte aus und können erheblich mehr bei den Kassen abrechnen."

Darüber würde ich jetzt gern mehr wissen, nach dem Begriff googeln und mit Mark ausführlich diskutieren. Doch leider kann man mit ihm nicht diskutieren, weil er wie ein Lehrer erklärt und keine Gegenfragen duldet.

Trotzdem frage ich: „Was genau verstehst du unter einem moralischem Absturz?"

„Raffgier wie bei Winkelmann."

Ich zucke mit der Schulter. Ich kenne keinen Winkelmann.

„Der die Air-Berlin-Geschichte zu verantworten hat."

Auch darüber weiß ich nichts. Das ärgert Mark, weil er mich für politisch ungebildet hält. Sicher hat er damit Recht, doch mir ist das gleichgültig, denn diese Machtgerangel und Intrigen sind mir derart zuwider, dass ich seit Jahren keine Nachrichten hören, lesen und sehen will. Politik hat für mich nichts mit Moral zu tun.

„Dieser Typ kassiert Millionen Euro Gehalt, während hunderttausende Kunden wegen der Pleite wertlose Tickets besitzen."

„Aha", sage ich und hoffe, dass er es bei dieser zum Glück recht kurzen Erklärung belässt.

„Und Sven ist nicht nur moralisch, sondern außerdem sozial total abgestürzt."

„Welcher Sven?"

„Mein Bruder."

Sven

„Dein Bruder?", frage ich überrascht. „Ich wusste nicht, dass du einen Bruder hast."

„Das musst du auch nicht wissen.“

Jetzt bin ich sprachlos. Mark hat einen Bruder, von dem er mir vier Jahre lang nichts erzählt hat. Mit Geschwistern ist man aufgewachsen. Niemand kennt sich so gut wie Geschwister. Man hat ein besonders enges Verhältnis zu ihnen, selbst wenn es kein gutes ist wie bei Kim und Kai.

„Wieso?“, frage ich ziemlich aufgebracht. „Wieso darf ich nichts über deinen Bruder wissen?“

Mark schaut mich an. Es ist ein gelangweilter Blick.

„Es bringt nichts, über ihn zu reden. Das ist alles.“

Das macht mich wütend, denn man sollte über alles reden und erst recht über seinen Bruder.

„Ich habe dich aber gefragt und erwarte eine Antwort!“, brause ich auf.

„Du musst lernen, dich zu beherrschen! Es gehört sich nicht, seinen Ärger zu zeigen“, tadelt Mark.

„Warum nicht? Ich bin wütend, also kann ich unmöglich heiter dreinschauen.“

Mark lächelt. Es ist ein herablassendes Lächeln, eines, das man einem Dummkopf schenkt und das mich noch wütender macht. Ich weiß, dass Mark keine Gefühlsausbrüche mag. Ihm wäre es am liebsten, wenn ich immer in der gleichen Tonlage und mit dem gleichen Gesichtsausdruck spreche. Doch das ist mir völlig unmöglich. Mir sieht man die geringste Gemütsbewegung deutlich an. Mark hält das für meine große Schwäche, während ich das für meine besondere Stärke halte. Genauso wie meine Lust am Diskutieren, die Mark als unangenehmen Streit empfindet. Doch für mich sind Konflikte keine Bedrohung, sondern etwas ganz Normales.

„Ich mag es nicht, wenn du mir nicht antwortest", sage ich.

„Was hast du denn gefragt?"

„Ich will wissen, warum ich nichts über deinen Bruder erfahren darf."

Mark schaut mich schon wieder tadelnd an und mir fällt ein, dass ich wohl „Ich möchte bitte wissen" sagen sollte.

Schließlich sagt er seufzend: „Ich kann nichts dafür, dass ich einen Bruder habe. Ausgesucht habe ich ihn mir nicht."

Natürlich nicht. Doch ich begreife nicht, dass Mark seinen Bruder so abtut, als wäre er nicht wichtig, als wäre er ihm gleichgültig.

„Freunde sucht man sich aus, Verwandte hat man, ob es einem passt oder nicht."

Ich kenne keinen einzigen Freund, den sich Mark ausgesucht haben könnte. Eigentlich hat er überhaupt keine Freunde. Er braucht das nicht. Er ist sich selbst genug.

„Dich habe ich mir ausgesucht."

Mark lächelt mich an und will mich in den Arm nehmen. Doch mir ist nicht danach. Außerdem stimmt das nicht. Wir saßen zufällig nebeneinander in der Kneipe, sind danach zusammen zu ihm nach Hause und von da an klebt er an mir. Nein, kleben ist ungerecht. Wir sind ein Paar und verstehen uns gut. Ich bin nur wütend, weil er mir bisher seinen Bruder verschwieg.

„Ich will Sven kennenlernen. Geht das?"

„Möchte bitte heißt das", korrigiert er mich.

Mir ist klar, dass ich ihn wirklich hätte bitten müssen, doch eigentlich passt wollen besser als möchten.

„Geht es nun oder nicht?", hake ich nach.

Mark verdreht die Augen. Er wird mir nicht antworten, nichts über Sven erzählen. Ich will es trotzdem wissen.

„Wo wohnt er denn?"

„In der Nähe von Mittweida."

Das sind keine fünfzehn Kilometer von uns entfernt. Weshalb haben die Brüder keinen Kontakt? Aber vielleicht haben sie Kontakt und treffen sich regelmäßig, ich weiß es nur nicht. Vielleicht sind sie zerstritten wie Kim und Kai.

„Habt ihr euch gezankt?"

„Wie kommst du darauf?"

Wie komme ich wohl darauf? Offenbar muss ich

Mark jede Silbe einzeln aus der Nase ziehen.

„Sven lebt auf einem Bauernhof. Allein."
„Ganz allein?"
„Ohne Menschen. Er mag keine Menschen. Er mag nur Tiere."
Tiere sind normal auf einem Bauernhof und es ist normal, sein Haustier zu lieben. Gleichgültig, ob es Katzen, Hunde, Pferde, Schildkröten, Vögel oder Fische sind. Doch es ist überhaupt nicht normal, wenn man nur Tiere mag und keine Menschen.
„Zu ihm verirrt sich schon lange kein Nachbar mehr, weil er sofort seine Hunde auf sie hetzt. Menschen sind ihm gleichgültig oder zuwider. Er vertraut ihnen nicht."
Das tut mir sofort leid, Sven tut mir leid. Wie kommt er zurecht so allein? Wovon lebt er?
„Er ist komplett unmöglich, asozial eben."
„Asozial? Wie meinst du das?"
„Er hat kein soziales Umfeld, geht nicht einmal zur Arbeit."
„Vielleicht hat er auf seinem Hof genug zu tun", überlege ich laut.
Mark zuckt mit der Schulter.
„Was hat er denn für Tiere?"
„Hunde und Katzen und sogar ein Pferd oder Esel oder so. Vielleicht auch Hühner und Gänse. Was weiß denn ich?"

„Warst du mal bei ihm?"

Mark nickt.

„Zwei Mal."

Wieder schweigt er.

„Erzähle!", bitte ich.

„Beim ersten Besuch wollte ich sehen, wie er lebt und ihm Tipps geben."

Das kann ich mir gut vorstellen, dass Mark Tipps geben wollte, obwohl er meiner Meinung nach keine Ahnung vom Leben und der Arbeit auf einem Bauernhof hat. Aber er sagt gern, was Andere zu tun und zu lassen haben.

„Welche Tipps denn?"

„Tipps für seinen Umgang. Er hat keinen Umgang. Jedenfalls nicht mit Leuten, nur mit seinen Tieren. Seiner Meinung nach sind im Gegensatz zum Menschen nur die Tiere treu, dankbar und ehrlich."

So wird es auch sein. Ich habe schon mehrere Geschichten über Hunde gehört, die ihrem Halter treu ergeben sind. Und solche, die aus Tierheimen gerettet werden, sind mit Sicherheit sehr dankbar.

„Das ist natürlich Quatsch!", klärt mich Mark auf. „Tiere sind nicht dem Menschen treu, sondern dem Futternapf, und auch nicht dankbar für das Futter. Sie fressen es und fertig."

Ich weiß nicht, ob man das wirklich so einfach sehen kann. Auf jeden Fall sind Tiere ehrlicher als Menschen, denn sie können nicht so perfekt täuschen wie der Mensch mit seiner Sprache.

„Hält Sven sogar dich für unehrlich?"

„Logisch!"

Mark verzieht seinen Mund.

„Warum? Was ist dann passiert?"

„Sven sagte, ich sei falsch, denn ich spräche mit ihm, als würde ich ihn mögen. Doch sein Hund merkt ganz genau, dass ich nichts Gutes im Schilde führe. Und als sein Hund knurrte, wies er mir die Tür."

Das verstehe ich nicht. Der Hund entscheidet, mit wem Sven spricht und wen er mag? Wenn es nun ein garstiger Hund ist, der jeden beißt. So etwas gibt es schließlich.

„Beim zweiten Besuch hetzte er sogar die Hunde auf mich."

Erschrocken halte ich mir die Hand vor den Mund.

„Ich war froh, dass ich mein Auto rechtzeitig erreichte und wegfahren konnte. Seitdem habe ich mich nie wieder blicken lassen."

Diese seltsame Geschichte geht mir nicht aus dem Kopf. Während Mark das Abendessen zubereitet, suche ich bei Google nach übermäßiger Tierliebe und finde mehrere Artikel, in denen erstaunlich viele Leute Tiere mehr lieben als Menschen. Meist leben sie zurückgezogen und haben einen eher introvertierten Charakter, der sie ohnehin in die Einsamkeit treibt.

Als Begründung für diese übertriebene Tierliebe lese ich:

Tiere sind anspruchslos und respektieren den Chef. Man muss ihnen nichts erklären, sie widersprechen nicht, man ist ihnen niemals Rechenschaft schuldig. Vor allem Hunde kann man leicht dazu bringen, das zu tun, was man von ihnen verlangt. Sie sind deshalb erheblich bequemer als Freunde, Verwandte oder gar Kinder. Sie kosten ungleich weniger Geld und Zeit. Sogar der Ärger, den Tiere verursachen können, ist überschaubar. Man kann sie nach Farbe, Größe, Charakter, Mode frei auswählen wie einen Gegenstand im Supermarktregal. Der einzige Kummer, den Tiere bereiten, sei ihr Tod. Das alles lässt mich Mark zustimmen, dass diese besonderen Tierliebhaber asozial sind, sozial abgestürzt sozusagen. So hatte ich das bisher noch nie betrachtet.

Ich mag ebenfalls Tiere, vor allem Katzen. Katzen sind nicht nur wunderschön und kuschelig, sondern auch eigenwillig. Das gefällt mir besser als der Gehorsam der Hunde. Ob Mark ebenfalls Tiere mag? Ich habe ihn nie danach gefragt. Und Moritz? Ist er ein Tier-freund? Vielleicht besitzt er sogar einen Hund oder vielleicht Schildkröten. Nein, eine Schildkröte passt nicht zu einem Bergretter, ein Hund schon eher. Den könnte er auf seinen Bergtouren mitnehmen, zumindest beim Wandern, beim Klettern eher nicht. Sicher klettert Moritz. Ein Mann, der klettert, gefällt mir nicht. Ich hätte ständig Angst, er könnte abstürzen. Ich glaube, dass sämtliche Bergretter klettern. Sie retten Abgestürzte bis sie selbst abstürzen. Doch das kann mir gleichgültig sein, denn ich kenne keine Kletterer. Nur Moritz. Nein, Moritz kenne ich überhaupt nicht. Ich weiß auch nicht, ob er klettert. Und wenn schon! Ob er deshalb nicht anruft, weil ihm etwas passiert ist?

Sofort werde ich unruhig und ziehe mein Handy aus der Tasche. Es blinkt! Moritz hat angerufen und ich habe seinen Anruf verpasst! Ich sehe allerdings eine mir unbekannte Nummer. Doch ich bin mir sicher, es war Moritz. Es kann gar niemand anderes sein als Moritz.

„Bianka!", ruft Mark. „Hörst du mir gar nicht zu?"

„Wie? Nein. Doch! Was ist denn?"

„Willst du Wein oder Bier zum Essen?"

„Wie?"

Ich habe keine Ahnung, wovon er redet. Ich weiß nur, dass ich Moritz unbedingt zurückrufen muss. Sofort! Leider geht das nicht, so lange Mark hier ist. Immer hängt er hier herum, als hätte er keine eigene Wohnung.

„Kommst du?"

Widerwillig drücke ich mich vom Sofa hoch und humple zum Esstisch, den Mark liebevoll gedeckt hat. Sofort habe ich ein schlechtes Gewissen und lächle ihn dankbar an. Er ist wirklich ein zuverlässiger Freund. Ich tue ihm Unrecht, wenn ich so kritisch bin. Doch im Moment ertrage ich ihn nicht. Ich will, dass er gleich nach Hause geht, spätestens nach dem Essen. Ich will meine Ruhe. Ich will endlich mit Moritz sprechen.

„Hallo, Maus!" Mark wedelt mit seiner Hand vor meinem Gesicht. „Wo bist du nur immer mit deinen Gedanken?"

„Ach, mir geht es nicht gut", lüge ich. „Ich mag jetzt nichts essen."

Das stimmt. Ich bekomme jetzt keinen Bissen hinunter. Zuerst muss ich wissen, ob es Moritz gut geht. Ich muss mit ihm reden. Das allein ist wichtig.

„Ich lege mich gleich hin", nuschle ich. „Vielleicht esse ich später."

Ich schaue auf meinen Teller, weil ich Marks enttäuschtes Gesicht nicht sehen will.

„Lege dich gleich ins Bett!", schlägt er besorgt vor. „Ich mache dir Schnittchen zurecht und bringe sie dir. Soll ich Tee kochen?"

Verlegen schüttle ich den Kopf.

„Magst du lieber Kakao?"

Mir ist zum Heulen zumute. Marks Fürsorge beschämt mich. Gleichzeitig macht sie mich wütend. Ich weiß nur nicht, ob ich eher auf ihn oder auf mich wütend bin. In dieser Stimmung ist es besser, gar nichts zu sagen, weil ich im Zorn schon so manches gesagt habe, was ich gar nicht so meinte, aber nicht mehr zurücknehmen konnte.

„Du musst Geduld haben!", versucht er, mich zu beruhigen.

Wie soll das gehen? Ich habe keine Geduld. Ich hatte noch niemals Geduld. Mir geht nichts schnell genug. Und jetzt möchte ich ganz besonders schnell Moritz anrufen. Mark soll endlich nach Hause gehen! Doch ich kann ihn nicht ansehen, weil mein Blick ganz sicher böse ist und nicht bittend. Ich kann mich nicht verstellen. Ich habe das nie gelernt und nie für nötig gehalten. Doch jetzt möchte ich gern freundlich sein und trotzdem Mark so schnell wie möglich los werden.

Mit hängendem Kopf trotte ich zur Treppe und ziehe mich Stufe für Stufe nach oben. Sicherheitshalber schließe ich mich im Bad ein und klappe zwei Mal auffällig laut mit dem Riegel, damit Mark weiß, dass er mich nicht stören darf. Dann drehe ich den Wasserhahn bis zum Anschlag auf und setzte mich auf den Klodeckel.

Erst nach einer gefühlten Ewigkeit trommelt es leicht gegen die Tür und Mark ruft: „Tschüss und gute Besserung!"

„Mach´s gut! Danke."

Melanie

Kaum ist die Tür ins Schloss gefallen, sinke ich aufs Bett und drücke den Rückruf-Knopf.

„Servus, meine Liebe! Hier ist die gute Melanie."

„Melanie?", frage ich enttäuscht.

„Freust dich gar nicht?"

„Doch. Schon", murmle ich und würde am liebsten gleich wieder auflegen.

„Hast wohl dein Herzblatt erwartet?", fragt sie unverblümt.

Mark ist kein albernes Herzblatt. Außerdem hatte ich Moritz erwartet. Doch auf seinen Anruf werde ich wohl vergeblich lauern. Ob ich mich bei Melanie nach ihm erkundige? Schließlich kennen sich die beiden. Doch ehe ich locker fragen kann: „Wie geht es eigentlich Moritz?", plappert sie weiter.

„Du bist doch immer so gut geschminkt", sagt sie.

Wie kommt sie darauf? Im Krankenhaus benutzte ich kein Make up. Und jetzt daheim sowieso nicht.

„Ich hätte da etwas für dich, ich bin nämlich Kosmetik-Beraterin."

BeraterIN. Ich hätte auch so gewusst, dass sie eine Frau ist. Das muss sie nicht extra mit diesem albernen -in betonen.

„Und ich dachte, du studierst Sport."

Fast hätte ich ergänzt, dass Sport und Schminke nicht zusammen passen.

„Mach ich. Doch im Moment sind Ferien."

„Kannst du wieder Schi fahren?", erkundige ich mich.

„Können könnte ich, nur dürfen darf ich nicht."

„Wie meinst du das?", frage ich amüsiert.

„Mein bekloppter Arzt sagt, dass Sport vorerst tabu für mich ist. So ein Blödmann! Wie soll ich meine Muskeln wieder aufbauen ohne Training?"

„Ich gehe zur Physio."

„Ich auch. Pleambn!"

Wieder muss ich lachen. Ich mag Melanies Tiroler Mundart, nur manche Worte verstehe ich nicht. Immerhin kann ich mir meist denken, was sie meint. Jetzt zum Beispiel glaube ich, sie spricht von Blödsinn.

„Wie gesagt, sind Ferien und ich langweile mich."

Sie ruft mich also aus reiner Langeweile an. Dann kann ich sie gut nach Moritz fragen.

Doch wieder kommt sie mir zuvor und jubelt: „Habe Neuigkeiten! Neuigkeiten, die dir gefallen werden."

Sicher weiß sie etwas über Moritz. Vielleicht hat er sie sogar gebeten, mich anzurufen. Gespannt warte ich auf das, was sie gleich erzählen wird.

„Bin ins Kosmetik-Geschäft eingestiegen, bin jetzt selbständige Beraterin."

Kosmetik? Sie spricht also von Schminke, die mir gar nichts bedeutet und nicht von Moritz, was wirklich wichtig wäre.

„Freust dich? Sagst gar nichts."

Was soll ich schon sagen. Mir ist gleichgültig, dass sie Farben oder Parfüm verkauft oder was auch immer.

„Ist zwar kein Bio, aber total geile Farben. Wäre was für dich."

Jetzt verstehe ich. Sie will mir diese Schminke verkaufen.

„Ich benutze kaum Make up, nur ein wenig für die Augen", wehre ich ab.

„Ich habe genau das Richtige für deine Augen. Echt!", sagt sie betont geheimnisvoll. „Welche Farbe haben sie?"

Jetzt muss ich lachen. Melanie sagt, dass sie genau die richtige Farbe für meine Augen hat, obwohl sie meine Augenfarbe nicht kennt.

„Blau. Meine Augen sind blau, ein dunkles

Blaugrau."

„Perfekt!", jubelt sie.

„Im Moment brauche ich nichts. Aber in einer Woche habe ich Geburtstag."

„Wann?"

„Am Sonntag, den 17. Da könntest du mir einen Mascara schenken, wenn du so etwas hast."

Das meine ich nicht wirklich ernst, doch ich will dieses Verkaufsgespräch beenden.

„Habe ich, logo. Aber sag mal, hat sich eigentlich dein Herzblatt gemeldet?"

Gemeldet? Sie weiß zwar, dass ich nicht mit Mark zusammenlebe, doch sie sollte davon ausgehen, dass er mir hilft. Was will sie überhaupt von ihm? Sie hat ihn im Krankenhaus vor meinen Augen direkt unverschämt angehimmelt! Und Mark schien mir gar nicht abgeneigt. Ich finde es ziemlich frech von ihr, so direkt nach meinem Freund zu fragen.

„Hat sich Moritz nun gemeldet oder nicht?"

Sie redet von Moritz?! Und sie nennt ihn mein Herzblatt. Wie kommt sie darauf?

„Nein. Ja", stottere ich überrascht.

„Was denn nun?"

„Er hat angerufen, aber gleich wieder aufgelegt."

Ich werde ihr ganz sicher nicht erzählen, dass ich selbst schuld daran war. Er wollte mich sogar besuchen und ich habe Nein gebrüllt.

Das werde ich mir im ganzen Leben nicht verzeihen. Und wenn ich jetzt nicht endlich freundlicher zu Melanie bin, wird auch sie auflegen und ich erfahre gar nichts.

„Hast keine WhatsApp?"
„Keine was?"
„WhatsApp!", wiederholt sie langsam und deutlich, als wäre ich schwerhörig. „Das heißt: Telefonieren schnell, einfach und vor allem kostenlos."
„Dann würde es jeder machen", werfe ich ein.
„Macht auch jeder!"
So langsam dämmert mir, dass es doch etwas geben muss, das jeder nutzt und nicht viel kosten kann. Denn überall sehe ich die Leute in ihr Handy reden und darauf herum wischen. Sie nehmen ihr Umfeld oft gar nicht mehr wahr, was ich für einen sozialen Absturz halte.
Im gleichen Moment fallen mir die vier Affen ein, die ich gestern auf meinem Bildschirm sah. Neben den drei bekannten Affen, die sich Mund, Augen und Ohren zuhalten, sitzt ein vierter, der auf sein Handy schaut und deshalb gleichzeitig nichts hören, nichts sehen und nichts sagen will und ich begreife, dass damit die WhatsApp-Nutzer gemeint waren.
Ich mag es nicht, wenn Leute ständig auf ihr Handy stieren, aber ihr direktes Umfeld nicht

wahrnehmen. Doch daran ist allein der Mensch schuld, nicht die Technik. Ich habe schließlich ebenfalls ein modernes Handy, ohne es ständig im Blick oder gar in der Hand haben zu müssen.

WhatsApp kenne ich allerdings nicht, obwohl ich eigentlich immer an der neuesten Technik interessiert bin.

Ich höre Melanie stöhnen.

„Du lädst dir jetzt sofort WhatsApp runter!", bestimmt sie.

„Warum sollte ich das tun?"

„Damit du wie auf dem Computer schnelle Texte schreiben und wenn du willst, kostenlos telefonieren und denjenigen auch sehen kannst. Sehen!" Noch einmal wiederholt sie: „Sehen!"

Im Moment will ich in meinem Schlabberlook beim Telefonieren gar nicht gesehen werden.

„Moritz! Du könntest Moritz sehen!"

Sofort wird mir heiß. Ich könnte Moritz sehen, in seine wunderschönen braunen Augen schauen. Das wäre natürlich ganz etwas anderes!

Trotzdem erkundige ich mich und gebe mir Mühe, besonders gelangweilt zu klingen: „Wieso glaubst du, dass ich Moritz sehen will?"

Melanie kichert.

„Das steht in den Sternen", singt sie mit hoher Stimme. „Ich habe dir doch gesagt, dass ihr das perfekte Paar seid. Oder werden könntet." Wieder lacht sie und ergänzt: „Moritz hat jedenfalls WhatsApp."

Er hat auch Telefon, doch er ruft nicht mehr an. Was nützt also diese App?

„Und wie geht das?", höre ich mich fragen.

Kurz erklärt Melanie die drei Schritte, mehr ist nicht nötig. Dann muss ich nur noch die Rufnummern der Leute, also Moritz, eingeben und es kann losgehen. Das muss ich sofort tun und ich habe keine Zeit, länger mit Melanie zu schwatzen.

„Ich probiere das jetzt!", sage ich, verabschiede mich kurz und lege auf.

*****

Kaum habe ich die Nummer von Moritz eingegeben, erscheint sein Foto. Darauf steht er auf Schiern, eingepackt in einen dunkelblauen Schianzug und die schwarzen Locken unter einem Helm versteckt. Leider lässt sich das Bild nicht vergrößern, weshalb ich seine wunderschönen braunen Augen nicht erkennen kann.

„Herzlicher Gruß vom Hinkefuß Bianka aus Chemnitz", schreibe ich.

Dann starre ich auf das Display. Doch es tut sich nichts. Muss ein Bergretter nicht ständig sein Handy im Auge haben, damit er keinen

Hilferuf verpasst? Entweder, er hat wirklich nicht gesehen, dass ich ihm geschrieben habe oder er will mir gar nicht antworten, denn sonst hätte er sich längst wie versprochen gemeldet. Ich habe alles falsch gemacht, ihn vertrieben. Endgültig. Vielleicht erinnert er sich überhaupt nicht mehr an mich, da er so ein Weiberheld ist und vermutlich jede Woche eine andere Freundin hat. Solche Typen kann ich überhaupt nicht leiden. Sie sind lächerlich.

Doch Moritz kam mir nicht lächerlich vor. Am Ende hat Melanie gelogen und er hat gar kein Harem, sondern eine einzige feste Freundin. Warum nur habe ich Melanie nicht gefragt, ob er vergeben ist. Ich könnte mich selbst ohrfeigen.

Da fällt mir ein, dass ich kein Foto eingestellt habe. Mit einem Bild von mir erinnert er sich vielleicht eher an mich. Sofort durchsuche ich meine Galerie und wähle eins aus, worauf ich voll in die Kamera lächle und meine blauen Augen gut zu sehen sind.

Konzentriert schaue ich auf das Display, doch es kommt noch immer keine Antwort von Moritz. Ich muss ihn vergessen. Er taugt sowieso nichts.

Ich überlege, ob ich möglicherweise bei der Installation etwas falsch gemacht habe. Das muss ich sofort testen. Aber wie?

Sofort fällt mir Melanie ein. Ich übertrage ihre Nummer und sehe ihr Bild. Das heißt, es sind nur ihre Füße abgebildet, was ich überhaupt nicht witzig finde. Trotzdem muss ich lachen, weil solch ein Foto zu Melanie passt.

Ich schreibe: Kannst Du meinen Test lesen?

Nahezu sofort erscheint unter meinem Text ein Häkchen, dann ein zweites und schließlich färben sich beide blau. Es gongt, aber nicht an meiner Tür, sondern im Handy. Und schon sehe ich ihre Antwort: „super! und moritz?", dazu drei alberne Zeichen und ein siebzehn Minuten langes Video, auf dem unglaubliche Menschenmassen auf extrem schmalen Pfaden auf hohen Bergen entlang klettern. Haben sie keine Angst, abzustürzen? Mir ist sofort übel und ich schalte nach wenigen Sekunden weg.

Habe ich jetzt die gesamte Verbindung geschlossen wie ein Fenster auf dem Computer? Ich taste auf dem Display herum und finde nach einigem Hin und Her zurück zur App. Normalerweise stelle ich mich nicht so ungeschickt an, doch irgendwie bin ich nervös oder einfach nur verärgert. Melanie, die mir gar nicht so wichtig ist, hat sofort reagiert, aber Moritz antwortet seit Stunden nicht. Ich schaue auf die Uhr. Es sind keine zwölf Minuten vergangen. Wie dem auch sei. Ich werde nicht länger warten. Wer nicht will, der will eben nicht.

Meine Nachricht an Moritz lese ich noch einmal durch, um sicher zu sein, dass ich nichts Dummes geschrieben habe, was ihn geärgert oder gar verletzt haben könnte. Herzlicher Gruß vom Hinkefuß Bianka aus Chemnitz, das ist freundlich und völlig unmissverständlich. Dahinter sind zwei Haken, aber die sind nicht blau wie unter meiner Nachricht an Melanie.
Ich werde noch verrückt!

Jedenfalls ist es jammerschade, dass sein Bild so winzig klein ist. Auch sein toller Körper ist unter dem Schianzug nicht wirklich zu erkennen. Und Melanie hat nur ein Foto ihrer Füße eingestellt. Ich daddle noch eine Weile auf dem Display herum und entdecke dabei das Kamera-Zeichen. Das heißt, man könnte sich vermutlich beim Telefonieren direkt sehen. Das halte ich für eine tolle Idee.
Beim sinnlosen Starren auf das Handy wird mir langweilig und ich werfe es enttäuscht zur Seite. Ich will gar nicht sehen, ob und wann Moritz reagiert.
Ich muss mich ablenken und gebe den Namen von Melanies Kosmetikfirma in meinen Laptop ein. Vielleicht entdecke ich einige Produkte, die mir gefallen und die ich bei ihr bestellen kann.
Ich finde die Firma nicht und vermute, mir den Namen nicht korrekt gemerkt zu haben. Nur

einige Kosmetik-Direktvertreiber werden aufge-
listet und Strukturvertrieb. Dabei wirbt man
Kunden für eine selbständige Mitarbeit als Ver-
triebspartner, an deren Verkäufen man mitver-
dient. Das könnte zu Melanie passen.

Hoffentlich ist sie nicht auf ein sogenanntes
Schneeballsystem hereingefallen, wo man eine
ständig wachsende Anzahl an Teilnehmern
benötigt. Meist muss man sich für viel Geld ein
Lager zulegen und dann versuchen, es abzu-
verkaufen. Es werden hohe Gewinne und leicht
verdientes Geld versprochen. Das halte ich
moralisch für sehr bedenklich. Ich glaube sogar,
dass es in Deutschland verboten ist, doch
vielleicht nicht in Österreich.

Nun mache ich mir Sorgen um Melanie, dass
sie einem unseriösen Werber aufgesessen und
nun möglicherweise finanziell abgestürzt ist. Ob
ich sie anrufe und frage? Doch sie ist er-
wachsen. Allerdings könnte ich mich bei dieser
Gelegenheit unauffällig nach Moritz und einer
Freundin erkundigen.

Biankas Geburtstag

Träume in der Nacht zum Geburtstag sollen in
Erfüllung gehen. Leider träume ich nicht von
Moritz, sondern von Hunden. In meinem Traum

kümmere ich mich um die Hunde von Marks Bruder. Es sind drei, die mich zuerst an der Leine übers Feld ziehen und einfach davonlaufen, als ich in ein Loch stürze.

Mühevoll krieche ich heraus und sehe mitten auf dem Feld ein kleines Mädchen sitzen. Es schaut mich traurig aus braunen Augen an. Ich weiß, dass das mein Kind ist, aber ich habe keine Zeit, mich um das Kind zu kümmern, ich muss die Hunde suchen.

Ich habe ein Kind? Nein, ich habe geträumt, dass ich ein Kind hätte und es vernachlässige, um mich um Svens Hunde zu kümmern. So ein Quatsch! Niemals wäre ich solch eine schlechte Mutter, die fremde Tiere versorgt und das eigene Kind allein auf dem Feld sitzen lässt. Wäre ich überhaupt irgendwann in der Lage, mich um ein Kind zu kümmern? Mutter sagt, das kann jeder. Und sie sagt, es wäre Zeit für ein Kind. Sie hält 25 Jahre für das ideale Alter für die erste Schwangerschaft.

Ich feiere heute meinen 27. Geburtstag und habe mir noch keine Gedanken über eigene Kinder gemacht. Das hat noch Zeit. Ich weiß nicht einmal, ob sich Mark Kinder wünscht oder ihn eine Schwangerschaft an die unangenehme Abtreibungsgeschichte seiner Ex erinnert. Ich habe ihn nie gefragt und er hat auch nie darüber gesprochen. Will Moritz ein Kind? Und wenn schon! Mit mir sicher nicht. Er hat nicht einmal angerufen.

Das kleine Mädchen hatte braune Augen, keine blauen wie Mark und ich. Es ist mehr als nur töricht, über solch einen absurden Traum nachzudenken.

Jetzt muss ich lachen und heule gleichzeitig, weil ich mich ständig an diesen Österreicher erinnere und gemeinsame Kinder erwäge, während er mich längst vergessen hat. Was heißt vergessen? Sicher war ich nie in seinem Kopf und schon gar nicht in seinem Herzen.

Es wird Zeit, dass ich endlich wieder arbeiten gehen kann. Denn so langsam werde ich schwermütig vom Nichtstun und hänge irrsinnigen Träumen nach.

Es gongt. Die Türklingel ist es nicht und auch nicht mein Handy. Doch! Es blinkt! Und auf einem grünen Punkt mit Telefonzeichen erscheint eine rot eingekreiste Zwei. Ich berühre sie und sehe zuerst Melanies Füße. Ich tippe darauf und lese: „mascara unterwegs bussi" und noch einige alberne Grinsegesichter und Sektgläser.

Erst jetzt bemerke ich, dass hinter dem Bild von Moritz auch eine Eins steht. Etwas zittrig fahre ich mit dem Finger darüber. „Alles Liebe zu Deinem Geburtstag. Wir sind ..."

In diesem Moment wird das Display schwarz. Ich kann nichts mehr sehen! So ein Mist! Ich habe das Aufladen vergessen. Man darf den Akku nie komplett entladen, sondern soll das Stromkabel bei zwanzig oder dreißig Prozent anschließen. Bestimmt habe ich das verpasst, weil ich immer auf eine Nachricht von Moritz warte und an nichts anderes denken. Ich bin wirklich zu nichts zu gebrauchen!

Oder ist die App abgestürzt wie bei einem Computerprogramm? Am liebsten würde ich jetzt das blöde Handy gegen die Wand donnern. Mir ist jedenfalls danach. Doch ich kann mich beherrschen. Schließlich brauche ich das Teil noch. Wer kann mir jetzt sofort helfen?

Warum habe ich nicht zuerst seine Nachricht gelesen? Was mache ich denn jetzt? Zuerst werde ich den Akku aufladen. Wo habe ich nur das Kabel? Ich könnte heulen! Und mache das auch.

Dabei fällt mir ein, dass ich bereits geschminkt bin für das Abendessen mit Mutter, Thomas, Kim und natürlich Mark. Also humple ich zuerst ins Bad und tupfe mit einem Tuch vorsichtig rund um meine Augen.

In diesem Moment umschließen zwei Arme meine Schultern.

Mark!

„Du hast mich erschreckt!", brülle ich.

Heute muss ich ihm meinen Zweitschlüssel abnehmen. Ich mag es nicht, wenn er sich in die Wohnung schleicht. Kann er nicht klingeln?

„Entschuldige, Maus! Ich wollte dich überraschen."

Das ist ihm auch gelungen.

Immer noch aufgebracht drehe ich mich zu ihm um. Er trägt sein blaugestreiftes Hemd, in dem er mir immer so gut gefällt, darüber einen blauen Pulli und eine schwarze Hose. Ich mag es, dass er niemals in Jeans mit mir ausgeht.

Auch ich habe mich etwas aufgebrezelt und trage unter meiner grauen Jacke einen weißen Rolli, obwohl Weiß nicht mehr meine Lieblingsfarbe ist. Wenn ich wieder richtig laufen kann, werde ich meine gesamte Garderobe umstellen. Im Internet wollte ich schon einen blauen Schal bestellen, doch Kleider kaufe ich lieber direkt im Laden, auch einen Schal.

*****

Wir sitzen beim Syrer. Das ist mein absolutes Lieblingslokal. Ich mag nicht nur die syrischen Speisen, sondern auch den Wirt. Er hat in Chemnitz Mathematik studiert und lebt seitdem hier in der Stadt. Ich weiß nicht, ob er keine passende Arbeit fand oder einfach nur gern kocht oder uns Deutsche mit seiner syrischen Esskultur erfreuen will. Wir feiern jedenfalls seit vielen Jahren nahezu sämtliche Familienfeste hier.

Zuerst serviert der Wirt einen syrischen Tee mit Zimt. Ich mag weder Tee noch Zimt, doch hier im Lokal begeistert mich dieses Getränk.

Heute sitze ich als Hauptperson an der Stirnseite zwischen Mark und Thomas, neben ihm meine Mutter, ihr gegenüber Kim.

„Scheiß-Winter!", schimpft Kim. Dann schaut sie mich an. „Ich weiß, dass du Schnee toll findest. Heute an deinem Geburtstag soll er von mir aus noch bleiben, aber ab morgen will ich endlich Frühling, Wärme, Sonne."

„Sonne gibt es auch im Winter, nur geht sie später auf und früher unter."

„Du hast für alles eine Erklärung", mault sie.

„Eigentlich mag ich alle Jahreszeiten, meist die am liebsten, die gerade aktuell ist. Auf den Frühling musst du wohl oder übel noch einen guten Monat warten. Erst dann ist die Tag-und-Nacht-Gleiche."

„Die was?"

„Der Tag, der genauso viele Stunden hat wie die Nacht", antworte ich. „Der Frühlingsbeginn eben."

„Mir ist scheiß-kalt!"

Ich mag es nicht, wenn sich meine Freundin so

ordinär ausdrückt. Doch im Grunde ist sie selbst schuld, denn ihr enges Top mit tiefem Ausschnitt ist eher für den Sommer geeignet als für den Winter. Als sie meinen Blick bemerkt, fasst sie sich mit beiden Händen unter ihre Brüste und hebt sie leicht an.

„Neu!"

„Du hast dir die Brust vergrößern lassen?", frage ich entsetzt. „Warum denn?"

„Oi-jeujeu!", ruft Thomas und klatscht in die Hände.

Mark schaut ihr ungeniert und prüfend in den Ausschnitt.

„Supergeil, was?", schwärmt Kim. „Jetzt falle ich ganz anders auf, nicht wahr, Männer?"

Ich bin völlig sprachlos.

„Habe siebzig Prozent gespart, weil ich so schlau war und es in der Tschechei ..."

„Tschechien", verbessert Mark.

Kim zuckt mit der Schulter und beendet unge-rührt ihren Satz: „...machen ließ."

Für schlau halte ich sie nicht, wenn sie ohne jede Not an sich herumschneiden lässt. Sie sah doch immer gut aus. Hat sie die schrecklichen Bilder vergessen, die wir uns im letzten Jahr anschauten? Auf jedem war ein vormals schöner Mensch abgebildet und daneben ein völlig entstelltes nach einer missglückten „Schönheits"-OP. Damals waren wir uns einig, dass diese Leute kein Selbstbewusstsein haben, ihren eigentlich normalen Körper hassen und solch eine Operation reine Dummheit ist.

„Du bist nicht schlau! Du bist dumm!"

„Und du bist neidisch!", kontert sie.

„Jedenfalls bin ich psychisch nicht so abgestürzt wie du!", sage ich verstimmt.

„Jedenfalls frierst du jetzt, weil du uns deine schönen neuen Brüste zeigen willst", fasst Mutter kühl zusammen.

Thomas und ich schauen uns an und prusten los.

Ich bestelle für alle einen gemischten Vorspeisenteller mit Mousakka, Sabaneg und Makali, dazu Olivensalat und mit Mozarella gefülltes Fladenbrot.

„Brot? Nach 18 Uhr darf man kein Brot mehr essen!", warnt Thomas.

Das verstehe ich jetzt nicht und frage: „Wieso?"

„Da ploppt die Wampe", verkündet er.

Ich kichere. Thomas ist sehr schlank, eigentlich direkt zu dünn. Von einer Wampe ist er Welten entfernt.

Mutter fragt interessiert nach, ob es wirklich den Bauch verschwinden lässt, wenn man nach 18 Uhr kein Brot mehr isst. Reflexartig drückt sie mit der Hand gegen ihren Magen, der wie bei nahezu allen Frauen ihres Alters deutlich runder ist als Jahre zuvor.

„Am besten überhaupt keine Kohlehydrate!", erklärt Thomas.

Ich schaue Mutter an. Sie wirkt irritiert. Ich weiß, dass sie ebenso wie Elena gern Kartoffeln und Brot isst. Ich mag am liebsten Nudeln oder Pizza. Doch auch das gehört zu den Kohlehydraten. Was soll's? Heute ist mein Geburtstag und heute lasse ich mir durch keine abartigen Ernährungstipps den Appetit verderben.

„Wer nicht will, muss das Brot nicht essen. Mir wird es auf jeden Fall schmecken", sage ich trotzig.

„Du bist sowieso beratungsresistent!", faucht mich Thomas an. „Dabei sollte dir mein Wissen wichtig sein, weil ich als Journalist am Puls der Zeit bin und ganz genau weiß, was *in* ist."

„Und ich weiß ganz genau, was mir schmeckt", kontere ich.

Bisher habe ich mich von keiner Ernährungsreligion beeinflussen lassen, obwohl ich zugeben muss, dass ich beim zweiten Glas Wein meist schon ein schlechtes Gewissen bekomme, als würde ich etwas Verbotenes tun.

Trotzdem trinken wir Frauen libanesischen Wein, während die Männer einheimisches Bier wählen. Da ich mich bei den Hauptspeisen nie entscheiden kann, bitte ich den Wirt, einfach für alle etwas typisch Syrisches zusammenzustellen.

„Ihr seid hoffentlich einverstanden?", frage ich und sehe, dass alle zustimmend nicken.

„Kohlehydrate sind jedenfalls Gift für den Körper", nimmt Thomas den Faden wieder auf. „Weizenmehle sind besonders schädlich."

„Das glaube ich nicht, denn in den meisten Ländern wird Weißbrot gegessen. Dann müssten dort alle Leute krank sein."

„Ich habe gelesen, dass es nirgendwo auf der ganzen Welt so viele Brotsorten gibt wie hierzulande", ergänzt Kim.

Brot gab es praktisch schon immer und auch die Kartoffel gehört zu den deutschen Grundnahrungsmitteln.

„Du irrst dich, Thomas", schaltet sich Mutter ein. „Schon meine Großeltern aßen vor allem Kartoffeln und Brot, zumal Fleisch und Gemüse teuer und zur damaligen Zeit kaum zu bekommen waren. Und ...", sie hebt belehrend den Zeigefinger, „sie wurden beide fast neunzig Jahre alt."

Das Argument gefällt mir. Ich werde meine Essgewohnheiten jedenfalls nicht ändern.

Mutter steckt mir lächelnd ein schmales Päckchen zu. Ich packe es sofort aus und halte genau das blaue Tuch, das ich mir fast im Internet bestellt hätte, in den Händen. Vermutlich kann sie hellsehen. Jedenfalls freue ich mich direkt überschwänglich darüber und versuche, aufzustehen, um sie zu umarmen.

„Bleib sitzen, Kind!", sagt sie. „Ich sehe doch, wie sehr dir das Tuch gefällt."

Sofort lege ich mir das Tuch um die Schultern und Kim reicht mir ihren Handspiegel. Die Farben geben meinem weißen Pulli und der grauen Jacke direkt den perfekten Schliff.

„Deine Augen leuchten direkt", sagt sie. „Sie haben die gleiche Farbe wie der Schal."

Kim schenkt mir einen Kalender, den ich aufstellen und täglich ein Blatt abreißen kann. Jeder Tag hat einen Spruch.

Auf der Titelseite steht schon der erste: *Wunder erleben nur diejenigen, die an Wunder glauben* von Erich Kästner.

Ich glaube jedenfalls nicht an Wunder, obwohl ich mich recht oft wundere. Im Moment wundere ich mich über Kims seltsames Getue. Ständig schaut sie abwechselnd auf ihre Uhr und zur Tür und dazwischen tut sie gelangweilt und glaubt, ich glaube ihr das.

Hoffentlich hat sie nicht irgendeinen Clown mit bunten Luftballons und blöden Sprüchen bestellt oder gar ein Erotikmodel. Sie weiß, dass ich derartige Späße hasse.

Wütend schaue ich sie an und fauche: „Was ist los?"

Sie zuckt mit der Schulter und lacht.

Schade, dass heute Sonntag ist, denn Sonntags tritt die Bauchtänzerin nicht auf. Ich mag orientalische Musik und die Tänze sehr.

„Na, haben dir heute schon viele gratuliert?", fragt Kim.

„Ein paar Freunde riefen gegen Mittag an", sage ich und stocke.

Das Telefon! Ich habe mein Handy aufladen wollen, doch in diesem Moment kam Mark und lenkte mich ab. Nun weiß ich immer noch nicht, was mir Moritz geschrieben hat.

In diesem Moment hält mir jemand einen riesigen bunten Blumenstrauß direkt vor die Nase und eine wunderbar angenehme Stimme hinter mir sagt: „Alles Gute zum Geburtstag."

Ich sehe Tulpen, Ranunkeln. Hyazinthen, Anemonen, Narzissen, Iris und Fresien in allen Farben und dazwischen rosa blühende Kirsch- und Pfirsichzweige. Ich bin derart beeindruckt, dass ich weder zufasse noch mich umdrehe, um zu sehen, wer mir diesen unglaublich schönen Strauß schenkt.

Es ist Moritz! Ich könnte heulen vor Glück! Mir schnürt es derart die Kehle zusammen, dass ich kein Wort hervorbringe. Mir hat es glatt die

Sprache verschlagen und ich starre wie gebannt auf meinen schönen Retter.

„Grüß Gott! Servus!", sagt er, umarmt mich und küsst mich kurz links und rechts auf die Wange. Ich kann die Augen nicht von ihm lassen und strahle ihn glücklich an.

Mark ist aufgestanden, berührt leicht meine Schulter und fragt: „Willst du uns nicht bekannt machen?"

„Moritz. Das ist Moritz, mein Retter", stottere ich etwas verlegen. „Er hat mich aus dem Abgrund herausgezogen."

Die Männer geben sich stumm die Hand.

„Mark. Das ist Mark", erkläre ich.

„Biankas Verlobter", ergänzt er, dreht sich abrupt weg und setzt sich wieder auf seinen Platz.

Ist er jetzt übergeschnappt? Wir sind nicht verlobt! Wie leben nicht einmal zusammen. Doch ehe ich die Sache richtigstellen kann, drängt sich Melanie dazwischen, die ich bisher überhaupt noch nicht bemerkt habe. Sie drückt und herzt mich, als wären wir seit Jahren die dicksten Freunde. Ich mag das nicht. Energisch schiebe ich sie zurück. Sie legt neben meinen Teller eine durchsichtige Tüte, in der ich einen Mascara erkenne.

Schnell bedanke ich mich, doch das hört sie gar nicht, weil sie bereits jedem die Hand gibt und sich schließlich auf Marks Schoß fallen lässt. Hat sie noch alle?

„Es ist kein Stuhl für mich da!", kräht sie, wirft ihre Arme in die Luft und gleich danach um Marks Hals.

Ich fasse es nicht.

Der Wirt trägt zwei Stühle heran.

„Hierher!", schreit Melanie und zeigt auf den Platz neben Mark und zwar genau zwischen seinem und meinem Stuhl. Wie frech ist das denn?

Den zweiten Stuhl stellt er neben Mutter, also ans Tischende. Neben mir sitzt Thomas. Er beugt sich nahe an mein Ohr und flüstert: „Soll ich mit Moritz tauschen?"

Das wäre mir natürlich am liebsten, zumal Melanie offen mit Mark flirtet. Und dieser sonst so zurückhaltende Stoffel geht freudestrahlend darauf ein. Wozu also sollte ich mich jetzt loyal verhalten? Ich beuge mich ein wenig vor und suche Augenkontakt zu Moritz, doch Mutter hat ihn bereits in ein Gespräch verwickelt. Er hört ihr aufmerksam zu und schaut sie an dabei, nicht mich.

Eigentlich bin ich ganz froh darüber, dass Moritz nicht neben mir sitzt, weil ich ihn sonst anfassen würde und nicht mehr loslassen könnte. Da bin ich mir ganz sicher.

Ich tippe Melanie gegen die Schulter, die sich von mir weg und direkt zu Mark gedreht hat und auf ihn einredet.

„Woher wisst ihr eigentlich, dass wir hier in diesem Lokal feiern?"

„Von mir!", verkündet Kim strahlend. „Stell dir vor, ich kenne die Melanie schon lange von Facebook. Letzte Woche schrieb sie, dass sie heute in Chemnitz eine Freundin besucht und wollte wissen, ob wir uns treffen."

„Erst da haben wir gemerkt, dass es dabei um dich ging", ergänzt Melanie.

„Und Moritz?", will ich wissen.

„War doch klar, dass ich ihn mitbringe", antwortet Melanie lachend und knufft mir dabei in die Hüfte.

Sofort spüre ich Hitze in mir aufsteigen. Sicher bin ich längst knallrot im Gesicht.

Mutter streckt plötzlich ihren Arm aus, ergreift die Hand von Moritz und sagt: „Du hast meine Tochter vor einem schlimmen Absturz gerettet. Schon allein deshalb mag ich dich und Bianka mag dich ganz gewiss noch mehr."

Wie kann sie so etwas sagen und mich damit in Verlegenheit bringen? Ziemlich verwirrt schaue ich unauffällig zu Moritz. Er strahlt mich offen an und scheint sich zu freuen.

Kim zwinkert mir zu und Melanie kräht:

„Ich bin Skorpion und weiß genau:

Mein Herz schlägt nur für diese Jungfrau."

Dabei zeigt sie zuerst auf sich und dann auf Mark. Offenbar ist Melanie nun komplett übergeschnappt. Wie kann sie ausgerechnet auf meiner Geburtstagsfeier solch einen Unsinn bekanntgeben und das am Ende auch noch lustig finden? Mark lacht und küsst sie strahlend auf die Wange. Kim und Thomas schauen sich etwas betreten an. Mutter wirkt wie immer ruhig und schüttelt lächelnd ihren Kopf.

„Ich bin noch nicht fertig!", kreischt Melanie. „Bianka ist ein Wassermann,
der nur zum Schützen passen kann."

Kichernd zeigt sie auf Moritz. Schon wieder brennen meine Wangen und ich möchte im Erdboden versinken. Normalerweise hätte ich jetzt mit den anderen gelacht, wenn es nicht gerade um Moritz gehen würde. Um mich und Moritz. Ohne abzusetzen trinke ich das ganze Glas Rotwein leer.

„Von Sternzeichen verstehe ich nichts", rettet Mutter die Situation. „Fakt ist, du bist uns immer herzlich willkommen."

„Bergretter ist ein geiler Beruf", begeistert sich Thomas. „Gib doch ein paar hippe Storys zum Besten! Darüber könnte ich schreiben."

„Ich bin kein Bergretter, ich bin Lehrer."

„Lehrer?"

Mutter schaut verblüfft in die Runde, während

Moritz lächelnd nickt.

„Berufsschullehrer. Ich gebe Kurse in der Innsbrucker Klinik und bin ehrenamtlicher Rettungssanitäter."

Das hört sich solide an und gefällt mir besser, als wenn er Bergsteiger wäre und das Bedürfnis hätte, überall auf der Welt auf hohe Felsen zu klettern. Doch eigentlich mag ich keine Lehrer. Mutter ist Lehrer, Mark benimmt sich wie ein Lehrer und mit denen in der Schule stand ich ohnehin auf Kriegsfuß. Aber Moritz ist alles andere als ein typischer Lehrer. Er ist der typische Retter und genauso, wie ich mir schon immer einen echten Mann vorstellte.

„Ich helfe gern, doch ich mag es nicht, wenn sich jemand absichtlich in Gefahr begibt. Das ist einer der furchtbarsten Züge der Menschen."

Der Wein macht mich matschig im Kopf.

„Hast du einen Hund?", will ich plötzlich wissen.

„Nein." Moritz schüttelt den Kopf. „Das geht nicht, weil ich tagsüber arbeite und außerdem oft zu Einsätzen gerufen werde, um schöne junge Frauen aus tiefen Schluchten herauszuholen."

Dabei lacht er mich an.

„Deine Freundin könnte auf den Hund aufpassen", platze ich heraus.

Überrascht schaut mich Moritz an und sagt

leise: „Ich habe keine Freundin."

„Nicht? Aber vielleicht hast du gleich mehrere Freundinnen. Ich habe gehört, du hältst dir einen ganzen Harem."

Vielleicht war das etwas zu heftig, doch nun ist es raus. Ich versuche, möglichst gleichgültig und nicht ganz so angespannt interessiert zu schauen. Und doch warte ich nervös auf seine Antwort. Moritz wirft Melanie einen vernichtenden Blick zu. Dann sieht er mich ernst und gleichzeitig sehr sanft an.

„Das stimmt nicht. Natürlich mag ich Frauen. Doch ich weiß, dass Schauen normal, Grabschen lächerlich und alles andere tödlich ist für jede Beziehung."

„Außerdem wären mehrere Weiber auf einmal viel zu anstrengend. Sogar für mich", wirft Thomas ein.

Nun lachen alle. Nur Moritz lacht nicht.

Er fragt: „Du magst wohl Hunde?"

Jetzt kann ich schlecht sagen, dass ich einfach nur wissen wollte, ob er eine Freundin hat.

Mark verzieht das Gesicht und erklärt: „Mir käme kein Viech ins Haus."

Ich glaube, diese Bemerkung macht ihn unsympathisch, doch Melanie jubelt: „Mir auch nicht! Nicht einmal Fische." Dann beugt sie sich noch näher an Mark und säuselt: „Wie wäre es mit einer ganz reizenden Schmusekatze?"

Völlig außer mir über diese Dreistigkeit will ich aufspringen. Doch genau in diesem Moment beugt sich der Wirt zwischen Melanie und mich und stellt zwei große Platten voller Speisen auf den Tisch. So hilflos habe ich mich nur im Krankenhaus gefühlt. Es ist unerhört, wie ungeniert sie meinen Freund anflirtet. Das ist längst kein harmloses Flirten mehr. Das ist ganz billige, plumpe Anmache.

Ich merke, dass mich alle außer diesem Turtel- paar anschauen. Habe ich etwas Dummes gesagt? Gar nichts habe ich gesagt! Doch das ist auch nicht nötig. Mir sieht man ohnehin deutlich an, was ich denke. Und jetzt denke ich, dass ich Melanie eine kräftige Ohrfeige verpas- sen sollte.

Thomas legt mir beschwichtigend die Hand auf meinen Arm und wünscht allen einen guten Appetit. Dann bittet er Moritz, von seiner Arbeit zu erzählen, was er auch tut.

Ich höre zu und stochere lustlos im Essen. Alle zeigen sich begeistert von den Fleisch- und Gemüsesorten und den leckeren Soßen.

Melanie beugt sich näher zu mir. Ich rieche ihr aufdringlich süßes Parfüm und drehe mich weg. Sie kneift mich in den Arm und flüstert: „Nun mach schon! Ich halte dir Mark vom Leibe!"

Sie hält mir meinen Freund vom Leib? Und was

soll ich ihrer Meinung nach machen? Dabei zuschauen etwa? In die Wüste sollte ich diese falsche Schlange schicken.

Laut sagt sie: „Ich habe Semesterferien und Moritz eine ganze Woche Urlaub. Aber wir haben noch keine Bleibe. Gibst du mir Asyl?"

Dabei zwinkert sie Mark zu und zieht einen Schmollmund.

Sie will bei Mark übernachten? Am liebsten würde ich sie anschreien und Mark gleich mit. Oder hochkantig hinauswerfen!

Doch ehe ich etwas sagen kann, ergreift Thomas wieder meinen Arm und sagt: „Asyl! Das ist das richtige Stichwort, weil ich gerade über Asylanten und Flüchtlinge in der Stadt schreibe. Ihr wisst ja, dass Chemnitz im Moment keinen guten Ruf hat."

Alle nicken, sogar die beiden Innsbrucker. Nur Mutter schaut betreten auf ihren Teller und dreht wie selbstvergessen ihr Weinglas hin und her.

„Ich vergleiche die heutigen Flüchtlinge mit den jüdischen nach dem zweiten Weltkrieg."

„Bist du verrückt geworden?", schreit ihn Mark an.

„Warte ab, was ich zu sagen habe und rede dann!", weist ihn Thomas zurecht. „Die Überlebenden der Konzentrationslager wollte damals keiner aufnehmen, eigentlich überhaupt keine jüdischen Flüchtlinge. Deshalb schenkten ihnen die Siegermächte ein Land, in dem Palästinenser lebten, und nannten es Israel. Die ganze Welt schaute weg, als die neuen Israelis mit Waffen und Bomben die Einheimischen aus ihren Häusern in Flüchtlingslager trieben, Dörfer und Städte zerstörten und unzählige Menschen töteten."

„Wann soll das gewesen sein?", brüllt Mark aufgebracht.

„1947 hat dieses Morden angefangen und bis heute nicht aufgehört."

Mark tippt mit dem Finger an seine Stirn.

„Der beste Satz kommt noch!", verkündet Thomas und macht eine geheimnisvolle Pause. „Genau so wird es hier auch kommen!"

„Du Rassist!", schreit Mark.

Er ist aufgesprungen und krebsrot im Gesicht. Auch Melanie ist aufgestanden.

Sie nimmt seine Hand und bittet: „Komm! Wir gehen vor die Tür, ich will jetzt eine rauchen."

Ich wusste nicht, dass Melanie raucht und Mark tut es ganz sicher nicht. Das weiß ich genau. Diese unmögliche Person will ihn nur für sich haben. Ich bin derart wütend, dass ich meinen hilflosen Zorn auf Thomas kippe.

„Was erlaubst du dir, meine Feier zu kippen mit deiner dämlichen Polit-Diskussion?"

Thomas lacht mich an und sagt: „Die zwei sind

wir jetzt los und machen jetzt Butter bei die Fische."

Diesen blöden Ausspruch mochte ich noch nie. Will er jetzt weiterdiskutieren?

„Bianka", sagt Mutter sanft. „Merkst du gar nichts?"

Was soll ich denn merken? Ich merke, dass diese Trulla aus Österreich meinen Freund anbaggert und Thomas mich mit seinem Artikel nervt. Mir ist zum Heulen zumute.

„Du hast mir gesagt, dass du in Moritz verliebt bist", platzt Kim heraus.

Mutter lächelt. Wie kann sie lächeln, wenn mich meine beste Freundin derart bloßstellt? Ich lege die Hände an meine Wangen und spüre, dass sie kochend heiß sind.

Plötzlich spüre ich zwei Arme um meine Schultern und dann eine Hand, die meine Haare zurückstreift.

„Du bist in mich verliebt? Ist das wahr?", flüstert mir Moritz ins Ohr.

„Nein!", will ich sagen, doch Moritz hält mir den Mund zu, zuerst mit seiner Hand und dann mit seinem Mund.

Völlig hemmungslos küsse ich zurück. Mir ist schwindlig vor Glück und ich möchte Moritz nicht mehr loslassen.

„Na endlich!", sagt Kim lachend.

„Unbequeme Stellage", stellt Thomas fest, steht

auf und zeigt auf seinen Stuhl, auf den sich Moritz sofort fallen lässt.

„Du bist mein allerschönstes Geburtstagsgeschenk", juble ich und strahle Moritz an.

„Nana, so weit sind wir noch nicht", scherzt er.

Nein, so weit sind wir noch nicht. Außerdem werden Mark und Melanie gleich herein kommen. Was sage ich dann? Soll ich meinem Freund hier vor meiner Familie den Laufpass geben? Wir sind seit vier Jahren zusammen und kennen uns gut. Moritz kenne ich nicht. Ich fühle mich nur zu ihm hingezogen und kann nichts dagegen tun. Es kann nur etwas Körperliches sein Dankbarkeit, weil Moritz mich gerettet hat. Das reicht nicht für eine Beziehung. Außerdem mag ich keine Fernbeziehung. Das funktioniert einfach nicht.

Doch im Moment bin ich einfach nur glücklich über diesen besonderen, sehr innigen Kuss und gleichzeitig unglücklich über die unangenehme Situation.

„Lass es!", höre ich Melanie rufen.

Mark stürmt ins Lokal und schlägt ohne jede Vorwarnung mit seiner Faust mitten ins Gesicht von Moritz. Der kippt vom Stuhl und bleibt am Boden liegen.

„Moritz!", schreie ich entsetzt auf und kauere mich neben ihn. „Bist du verletzt?"

„Nein, nur überrascht", sagt er leise.

„Bist du verrückt geworden?", schreie ich Mark an.

Er schimpft irgend etwas, doch ich höre es nicht. Ich beuge mich über Moritz und streiche seine Locken aus dem Gesicht. Die Nase blutet. Eilig hole ich meine Handtasche und suche nach einem Tuch.

Der Wirt steht plötzlich neben uns und hilft Moritz auf.

„Ich dulde keine Schlägerei in meinem Lokal und bitte Sie zu gehen. Sofort."

Wen hat er jetzt gemeint? Mark oder Moritz?

„Tut mir leid", sage ich, drücke Mutter meinen Geldbeutel in die Hand, greife meine Jacke und folge Moritz, der bereits nach draußen verschwunden ist.

„Warte!", höre ich Melanies Stimme.

Doch ich drehe mich nicht mehr um.

„Moritz!"

Ich laufe schneller, erreiche ihn und fasse nach seinem Arm.

„Es war dumm von mir", sagt er.

„Aber nein!"

Meint er den Kuss? Wollte er mich gar nicht küssen? Tut es ihm leid?

„Ich wollte dich nicht kompromittieren. Es war nicht in Ordnung, so unbeherrscht über dich herzufallen."

„Aber nein!", rufe ich noch einmal. „Doch!", korrigiere ich. Es war genau richtig."

„Wirklich?"

Moritz nimmt mich in seine Arme und küsst mich langsam und lange. Es ist ein sehr inniger Kuss, der mich ruhig macht und sicher und von dem ich mir wünsche, dass er niemals enden soll.

Moritz sieht mich an und streichelt über mein Gesicht.

„Zuerst sind mir deine Augen aufgefallen."

Er küsst sanft meine Augen.

Auch ich war vom ersten Moment an von seinen dunklen Augen fasziniert und bin es immer noch. Versinken möchte ich darin.

„Als du dich so an mich geklammert hast, während ich dich aus der Schlucht zog, ist es mir durch und durch gegangen. So etwas ist mir noch niemals zuvor passiert."

Ich glaube ihm und bin mir auf einmal sicher, dass dieser Absturz in die Schlucht sein musste, um Moritz zu begegnen. Moritz ist mein Schicksal und ganz sicher vorherbestimmt. Ob nun von Gott oder den Sternen ist dabei völlig gleichgültig.

„Ich wollte dich unbedingt wiedersehen. Unbedingt! Deshalb habe ich dich im Krankenhaus besucht. Dort hat es mich direkt umgehauen, als du so verletzt und zerbrechlich im Bett lagst."

„Verheult und ungekämmt, ich weiß", murmle ich und muss plötzlich lachen.

Moritz stimmt in mein Lachen ein. Hand in Hand gehen wir weiter. Die Welt um mich herum besteht nur noch aus Moritz, ich will auch gar nichts anderes mehr wahrnehmen. Mir fällt keine einzige Frage ein, weil mir alles klar und logisch erscheint.

„Ich habe mich sofort in dich verliebt", gesteht er. „Wie du dich bewegst, lachst, die Stirn runzelst. Mir gefällt einfach alles."

Ich gefalle ihm! Er mag mich!

„Ich wusste sofort, dass du etwas ganz Besonderes bist, eine Frau, mit der ich gern zusammen sein will."

In meinem Bauch zieht und kribbelt es gleichzeitig. Auch ich möchte gern mit ihm zusammen sein.

„Ich meine den Alltag. Mit dir frühstücken, Hand in Hand durch die Stadt bummeln, die Berge hinauf wandern. Alles eben."

Alles!

Glück ist Liebe, nichts anderes.
Wer lieben kann, ist glücklich.

Hermann Hesse

Weitere Veröffentlichungen von Petra Weise

Eine verhängnisvolle Diagnose
Kurzgeschichten, ISBN 9783734730962
Mein Hund Benno, Roman,
ISBN 9783734734939
Liebeslügen, Kurzgeschichten
ISBN 9783734792670
Ein halbes Leben, biografischer Roman,
ISBN 9783739210285
Ein ganz anderes Leben, biografischer Roman,
Fortsetzung, ISBN 9783741253911
Das Leben geht weiter, biografischer Roman,
Fortsetzung, ISBN 9783743124318
Farbige Geschichten, Kurzgeschichten,
ISBN 9783744834247
Der andere Vater, Roman,
ISBN 9783744895705
Eine unbestimmte Ahnung, Kurzgeschichten,
ISBN 9783746028873
Ich besuche dich trotzdem!, Roman,
ISBN 9783746077840
Ab in den Urlaub!, Kurzgeschichten,
ISBN 9783746025582
Die Freundin meines Mannes, Roman,
ISBN 9783752879001
Schweigen nach dem Anruf, Roman
ISBN 9783752896770
Verlassen – ohne Worte, Roman
ISBN 9783748120186

Sämtliche Titel sind auch als E-Book erhältlich

Außerdem befinden sich mehr als 30 Kurzgeschichten in diversen Verlags-Anthologien

Petra Weise wurde 1954 in Freiberg/Sachsen geboren und lebt nach zahlreichen Wohnungswechseln durch Hessen und Bayern seit 1993 wieder in ihrer Heimat Sachsen.

Sie liebt das Erzgebirge mit all seinen Traditionen und fühlt sich auch in den Alpen wohl. Wenn sie nicht schreibt oder liest, wandert sie gern mit ihrem Hund durch den Wald oder spielt Klavier.

www.autorinpetraweise.de